左遷でしたら喜んで！

王宮魔術師の第二の人生は のんびり、もふもふ、ときどきキノコ？

AUTHOR
みずうし

ILLUST.
はらけんし

Sasen deshitara Yorokonde!

主な登場人物

ルエナ

◆◆◆

ドーマの妹。重度のブラコンで、兄への愛が暴走しがち……？

ドーマ

◆◆◆

魔術学園の元首席魔術師。王宮に勤めていたが、上司に頭突きしたことで左遷されてしまう。

イフ

◆◆◆

伝説の【白虎】。戦えば強いし、触るともふもふ。

ノコ

◆◆◆

キノコの妖精。弱い相手には強く出るが、強い相手にはへりくだる。

ニコラ

◆◆◆

幽霊屋敷の家精霊（ボガート）。家事全般が得意で世話焼き。

サーシャ
帝国の皇女。ドーマに好意を持っている。最近は少し怠け気味。
ギュルフォン
実体を持たない思念体。魔法の腕は確かなのに、致命的なまでにドジ。
ソルヴィ
ラウラの育ての親であり師匠。桁違いに強く、『武神』と呼ばれている。
ラウラ
最強の王宮騎士（ロイヤルナイト）……だったのに、呪いのせいで実力が発揮できなくなり左遷された。生活力皆無。

1

「今日は外で昼寝するので」

ローデシナに春がやってきた。

キノコの妖精であるノコの一言を聞いて、ニコラが暖炉からぷはっと顔を出す。先ほどから大掃除をしているので、自慢のメイド服が煤だらけだ。

「いつも外で寝てるのですよ？　ついに記憶も怪しくなったのですか、惰眠キノコは……」

「ふふん、いつものは一休みですが、今回はガチ寝です。違いもわからないのですか、これだから家精霊は」

「ぐぬぬ!!」

どっちもグータラしてるだけだろ。俺、ドーマは思わずそう思ってしまう。

ゆさゆさ揺れるノコのキノコ傘は怠惰と暴食によって変色し、不健康そうな赤色をしている。

緑が芽吹きつつある外の景色とは正反対だ。

俺は皿洗いを手伝わされ……いや、率先して手伝わせていただきながら、いつもの喧嘩を眺めていた。

キノコの妖精ノコ、そしてボガートのニコラ。ファンタジックな両名の喧嘩は、大抵低レベルな口論の末（すえ）に、ニコラが折れて終わる。

「はあ、もういいのです。キノコに任せる仕事なんてないのです。ご主人様に任せた方がいくらかマシなのですよ」

ニコラはやれやれと俺の前に大量の洗濯物（せんたくもの）を置いた。

「行くですよ、イフ。そんな仕事は勤勉（きんべん）な人間さんに任せて」

どこ吹く風とばかりに発せられたノコの言葉を聞き、白虎（びゃっこ）のイフは器用に咥（くわ）えていたホウキを俺の前に置いた。そしてちらりと俺を見て一瞬困り眉（まゆ）になったかと思ったら、いそいそと庭の方へ歩いていく。

一応伝説の存在なんだよな……？

そんな時、ラウラが偶然通りかかる。

「……ん」

飲んだあとのコップを俺の目の前に置いて、ラウラは庭へ立ち去った。

王宮騎士（ロイヤルナイト）の彼女は、今日も自由である。

「え？　洗濯物もコップも、全部俺が片づけるのか？」

呆然とそう呟く俺に、ニコラが圧のある笑顔で聞いてくる。

「ご主人様は、手伝ってくれるのですよね？」

「ひ、ひいっ」

結局俺は、いそいそと与えられた仕事をする他なかった。

それにしても、ここでの暮らしにもすっかり慣れたものだ。

かつて俺は王宮魔術師として王都で働いていたのだが、上司に頭突きをかましたせいでここに左遷された。確か昨年の夏の頃だ。

それから何故かあれよあれよというちにラウラ、ニコラ、イフ、ノコ、帝国皇女のサーシャと彼女のお世話係のナターリャ、ポンコツなエルフの魔術師であるフローラと一緒に住むことに。

賑やかで穏やかな日々を送っている。

とはいえ、まったくもって順風満帆とはいかないのは世の常だ。

秋頃には、死霊術を操るビルズムと、変幻魔術を使うゼダンという男が村のならず者を利用してローデシナを乗っ取ろうとしてきた。

冬にはエルフの少女——ラリャを盲目の戦士・クラウスとその子分であるグロッツォとともに匿っていたことを理由に、過激派魔族狩り執行官のシンプソンに襲われた。それだけでなく、俺をやけに買っている枢機卿に目をつけられて、大変だったんだ。

その間にも、ひょんなことから仲良くなった魔族狩り執行官の少女・ミコットに手柄を立てさせようと奔走したり、エルフと人間の仲を取り持ったりと駆けずり回っていたしな。

まあ村を襲ってきた奴らは家に住むみんなをはじめ、色んな人と協力してどうにか退けたから、今は平穏そのものだ。

ともあれ、そんなわけでローデシナは無事に春を迎えた。しかしそれは、華やかな季節が訪れたということだけでなく、今まで見て見ぬふりしてきた冬の総決算をしなければならないことをも意味するのだ。

つまり、ローデシナの春は忙しい。

家畜を牧草地に放ち、雪で傷んだものを修理し、農地を耕し——とまあ、これらは大体ニコラがやっているんだが……

ともかく、ここローデシナでは春の訪れを『郭公の月』と呼ぶ。

郭公のさえずりが聞こえるってだけでなく、忙しい人々が郭公のように慌ただしく声を上げながら動き回るからだ。

俺もまた、そんな郭公の一人である。

家事をこなし、村の雑事に奔走し、最近では冒険者ギルドのギルマスを務める獣人・バストンから依頼を受け、ギルドの業務まで手伝っている。

……なんか俺、雑用ばかりしてないか？

「先生、紅茶まだ？」

サーシャが眠そうに俺の肩をつつく。

最初は他人の家だからと気を張っていたサーシャも、今では俺を使用人の如く扱うほどに、成長した。

「紅茶ぐらい自分で淹れられるだろ？」

「先生の淹れたお茶が飲みたいの」

「なんでだよ」

「なんでって……いいから早く淹れてくれない？」

「理不尽！」

サーシャはジトりと俺を睨みつけ、リビングに戻っていった。

俺が返答を間違えたのか、ただ彼女の虫の居所が悪かったのか。後者の方が可能性は高そうだ。

「まったく、相変わらずお主は乙女心というものを理解しておらぬな」

「乙女心？　……いやそれより、これはどういう意味だ？　フローラ」

茶葉を用意してお湯を注いでいたら、頭にマグカップを置かれたのだ。

「もちろん、私のも頼むという意味じゃ。お主が魔術で精製した水――魔術水で淹れた茶は実に美味いからのう」

冬の間に住人の一人となったフローラは、エルフ族と人間の仲介役として動き回りながらも、俺に雑用を押し付けるまでに成長した……と。

我が家の女性陣の成長が著しいなぁ。

「で、結局乙女心を解説してくれないのか？」

「ふふん、サーシャも私も、か弱い女子ほど美味い紅茶が好きなのじゃ」

そうなのか。じゃあ仕方ないな。別に二人はか弱くはないが。

俺がそんなふうに納得していると、いつの間にか隣で話を聞いていたニコラが怪訝そうな表情で言う。

「これは、先が長そうなのです……」

「何がなのじゃ？」

フローラの言葉に対して、ニコラはげんなりとため息を吐いてから、俺の方を向く。

「そういえばバストン様からご主人様に言伝を預かっていたのです。『できるだけ早く冒険者ギルドに来てほしい』と」

「そういうのはもっと早く言ってほしかったな」

一通り家事をやってからじゃなくてさ……

もっとも、ニコラは故意にそうしたんだろうが。


相変わらずオンボロな冒険者ギルドに到着すると、受付に座る獣人のバストンの前を見慣れない集団が占拠していた。リーダーっぽい剣士の女性に、大盾を背負う恰幅のいい男、モヒカン頭の弓士に、背の低い褐色の女魔術師。そして……どう見ても冒険者とは思えないような、ぼろ布を纏った痩せた男という五人組だ。

「む、ドーマ。よく来てくれたな」

俺が来たのに気付き、バストンが声をかけてきた。

すると、五人組は一斉にこちらを向く。

初対面だというのに無遠慮な視線を送ってこられると、王都の冒険者を思い出す。

「随分と寂れたギルドだが、まさか本当に機能しているとはな」

真面目な表情で建物を見渡しながら、女剣士はそう口にした。

確かにギルドは積雪の影響もあり、信じられないほど軋んでいる。

ちょうど俺も今、腐った床を踏み抜いたところだ。

片足が床にはまって間抜けな状態の俺に、モヒカン男が手を差し出してきた。

人は見かけによらない。

「確かにローデシナ村に来るのは初めてだったな。さて、そろそろ用を聞いても良いだろうか」

バストンがそう尋ねると、女剣士はフッと余裕のある笑みを見せた。

「我々はS級冒険者パーティ『黒狼の戯れ』」

「え、S級冒険者だと!?」

ノリよく驚いてみせると、満足気に黒狼の面々は頷く。

彼らがそんな反応を見せるのは、当然と言えば当然か。S級が珍しいのは確かだ。

……なんせS級ぐらいの実力を持つ奴は、冒険者なんかやってないからな。

ラウラみたいに王宮騎士として召し抱えられたり、王国軍に入隊したりする奴がほとんどだ。

「優秀な案内人が欲しい。かの大秘境『大森林』を踏破できる奴がな」

自信ありげにそう口にする女剣士とは対照的に、痩せた男は慌てて首を横に振った。

彼が冒険者の雇い主なのだろう。

「と、踏破する必要はないんですよ、リシェさん！　私はただ大森林を調査しに来ただけであって——」

「なあに、どうせ大森林へ向かうんだ、せっかくなら踏破しようじゃないか。それともモペイユさん……ただの考古学者に過ぎないあなたが、S級冒険者の我々に意見する、と？」

「そ、そういうわけでは……」

女剣士——リシェの鋭い眼光を前に、痩せた男——考古学者のモペイユは小さくなった。

雇い主だというのに気の弱い男だ。俺ならガツンと言ってやるのに。

「まあ、そういうことだ。我々だけでも余裕だろうが、念のためこのギルド一番の実力者に案内を頼みたい」

「ふむ。一番か……」

バストンは俺を見る。黒狼の戯れたちも俺を見る。

その時、ピキーンと俺のC級冒険者バッジが光った。

一応コツコツと階級を上げてきたが、最近は面倒なのでC級で放置していたんだよな。

「まさかそこのC級が一番なのか？」

「ハハハ、マジか！　田舎者！」

「胡散くさそう」

黒狼の戯れの面々の反応はもっともではある……最後を除いてだが。

でも、B級以上になろうと思うと、結構面倒くさいのだ。遠方での討伐試験だったり採取だったりを真面目にやらないといけないからな。

一見強面の不良みたいなS級冒険者も、冒険者界隈では真面目な優等生くんなのだっ。

リシェは半ば脅すように、俺に問いかけてくる。

「C級の君に務まるかい？　なんせ大森林には、かつて王国を滅ぼしかけたという伝説の魔獣『白虎』がいるというじゃないか。生半可な実力では命を落としてしまうぞ？」

な、なんだって⁉

「……ちなみに、その伝説の魔獣は現在ウチの庭でキノコと昼寝してますけど……」

「私は冗談が嫌いなんだが――何か言ったか？」

リシェは鋭い眼光で俺を捉えた。

ふう。実際に見た物しか信じられないってクチか。

俺はモペイユの隣で小さくなった。

「む、C級とはいえ、ドーマの魔術師としての実力は保証するぞ」

バストンが一応そう付け加えたが、黒狼の戯れは困ったように顔を見合わせている。

「C級魔術師は地雷だっていうしね」

「うちのパーティにも魔術師はいるし……」

そしてトドメにリシェが言う。

「すまないが我々は本気なんだ。B級以上の冒険者はいないか？」

俺、言われたい放題である。

シクシクと泣いていると、そこにちょうど良いタイミングでクラウスがガチャリと扉を開け、やってきた。

威厳漂うクラウスの姿を見て、黒狼の面々が背筋を伸ばした。

普段は頼れる兄貴分。オフの時はラリャにただただお熱な子煩悩爺さんだとは、誰も思うまい。

「ならばクラウスはどうだ？　彼は冒険者ではないが実力は――」

「クラウス!?　いまクラウスと言ったか？」

リシェは急に沸き立ち、ギルドの机を大げさに叩いた。

あれ、俺の時と態度が違いすぎない？

「ああん？　俺は確かにクラウスだが」

「光栄です。あの『戦技のクラウス』さんがこんな場所にいるとは！」

リシェが手を取ると、クラウスは困惑気味に頭を掻いた。

モヒカン男までもがキラキラした目でクラウスを見つめている。

そういえば彼は元々戦技のクラウスと呼ばれ、王国では英雄扱いされるほどの戦士だった。だが、失明したことが原因でローデシナに左遷され、今では『毒の沼』という危険地帯の管理人をしながら村の冒険者たちの面倒を見ているのだ。

「もしよろしければ、大森林のご案内を頼んでも？」

「……何やら面倒な用みてえだな？」

クラウスは乗り気ではないようだ。大森林を案内する難しさは、住んでいる者にしかわからない。

なんせ、俺ですら十回ほど迷ったからな！

「ふ、我々S級冒険者の黒狼の戯れがいれば、面倒な事態には陥りません」

「……いやもう十分面倒なんだが――ちなみにドーマはどうなんだ？」

あ、俺に押し付けようとしてやがる。

「ははは、俺では力不足みたいでしてね」

「はーん、なるほどねえ。……しょうがねえ。半日だけ付き合ってやるよ」

少し考えて、クラウスは首を縦に振った。

黒狼の戯れの面々の表情が晴れやかになる。

ついでに俺も喜んでいると、クラウスがバストンと目くばせしているのが目に入る。

嫌な予感がするぞ……

黒狼の戯れと、クラウスが外に出ていった。

俺も家に帰るべく去ろうとすると、バストンに腕を掴まれる。

くっ、なんて力だ。なんとしてでも巻き込んでやるという熱い意志を感じる。

「ということだ、ドーマ。彼らの跡をつけてくれ」

「どういうことです⁉」

「まあまあ。黒狼の戯れよりドーマの方が大森林について熟知しているだろう？」

「だとしても、クラウスがいるでしょう」

「ふむ、何やら胸騒ぎがしてな。それに……クラウスは最近謎の頭痛に悩まされているのだ。うむ、念には念を入れたい」

「俺も何故だか急に謎の頭痛が……」

「ドーマなら大丈夫だ。行ってこい」

ひどい扱いである。だが確かにクラウスに何かあれば、俺も困る。俺とクラウスは『村の便利屋二人組』だなんて言われているからな。クラウスがいないと、俺の負担が倍増だ。しょうがない。

前向きな返答をすると、バストンは目を細めて微笑んだ。

「うむ、ドーマは実に役に立つ」

それ、褒めてるの？

ギルドを出て魔力を探知しながら、黒狼の戯れやクラウスとつかず離れずの距離を保ちつつ進む。

彼らはどんどん大森林の奥に入り込んでいく。

村の周辺は定期的に魔物駆除の手が入るが、奥地はそうではない。ざっと見渡しただけでも、大量の魔物が蔓延（はびこ）っているのがわかる。

というより、すでに黒狼の面々は魔物に囲まれている。

「あいつら、周囲を警戒しなさすぎじゃないか？」

「グロオッフ」

「ん？」

気が付けばいつの間にかイフが横を並走していた。ノコの圧政から抜け出してきたのだろう。

ボサボサの毛並みからイフの苦労が垣間（かいま）見え、泣けてくる。

俺の頬（ほほ）には一滴（いってき）の雫（しずく）が垂（た）れ、べっとりとした涎（よだれ）がぼたりと……あれ？

上を見上げると、優に三メートルはある巨狼（きょろう）が、俺を見下ろしていた。

「ガウウウウウウ」

「典型的な奴！」

俺も警戒しなさすぎだったようだ。

巨狼は鋭い爪で俺の体を串刺（くしざ）しにし、そのまま捕食しようと口元まで持っていく——夢でも見たのだろう。

「ふっ、虚像を捕まえてどうする気だ？」

俺は巨狼の真横で笑みを浮かべる。

ハッとした時にはもう遅い。巨狼は俺に飛びかかる間もなく、昏睡した。

「クックック、永遠に醒めない夢を見ると良い。ただし……悪夢だがな」

決まった。顎に手をやって格好つけていると、何者かの視線に気付く。視線の主はイフである。

そんな顔をするな。一度はやってみたかったんだ、こういうキャラ。

「グワフ……」

「イフ、みんなに告げ口するのはやめような」

どうやらイフとノコやニコラたちは意思疎通できているようなので、今後の俺への視線が心配である。そんな遊びに没頭していたせいで、大事なことを忘れてしまっていた。

「む、しまった。完全に見失ったな」

黒狼の戯れもクラウスも、もういない。どうやらごっこ遊びをしている間に離されたらしい。

だが慌てることはない。俺に魔術を教えてくれた師匠曰く、たった一つ手段を潰されて焦る魔術師は二流だという。一流の魔術師は焦らない。俺とてそうだ。代わりの手段はいくらだってある。

そう、俺には魔力探知という最強の技が――

「な、何!? 魔力探知が通用しない……だと……？」

ば、馬鹿な。もう手段がないぞ。

魔力探知は優秀だが、欠点もある。

魔力反応が多すぎると、区別をつけるのが大変になるのだ。

そしてここは人類未踏（みとう）の地、大森林。

黒狼の戯れレベルか、それ以上の魔力を持つ魔物がうようよいる。

「仕方ない。不本意だが、一個ずつ潰していくとしよう」

いざとなれば、イフにラウラを呼んできてもらおう。

『一流の魔術師は仲間を頼る』。俺が好きな言葉だ。俺が考えたからな。

「わふ」

隣ではイフがため息を吐いていた。

☆

「おい、奥に進みすぎなんじゃないか？」

もさりと髭（ひげ）をたくわえた戦技のクラウスは、ふと足を落ち着かせてそう言った。

歩き始めて、随分経つ。援護を見込んでいたドーマの気配をしばらく感じない。

大森林は危険な場所だ。これ以上の進入はリスクを負うだけとクラウスは判断したのだ。

だが、リシェは華麗な剣さばきで魔物を切り伏せつつ、笑顔を返す。

「平気ですよ、クラウスさん。現に魔物は対処できています。大森林なんて今までの苦境に比べたら、大したことありませんよ！」

黒狼のリーダー、『豪剣のリシェ』はクラウスに対してそう息巻いた。

『剛腕盾のシャイン』『モヒカンのモヒカ』『煉獄のイレーナ』からなる冒険者パーティ、黒狼の戯れ。彼女らはどんな困難な冒険も容易にこなす、トップランカーである。

だからこそ、自信に満ちあふれていた。

「……そうか。俺の考えすぎならいいが」

一方、クラウスは違和感を覚えていた。何故なら魔物が弱すぎるのだ。

（大森林の魔物はこんなものではない。村周辺の魔物ですらもっと強いはずだ。偶然か……それとも、誘い込まれている？）

そんなふうに思案するクラウスを見て、シャインが軽く笑い飛ばす。

「ハハハ、クラウスさんは隠居の身だもんな！　疲れたなら俺が背負っていくぜ？」

「もうシャイン、アンタが元気いっぱいなのは私の強化魔術のおかげでしょ」

「然り。それにクラウス殿の立ち居振る舞いを見よ、隙がないでござる」

わいわいと喋る黒狼の面々を見て、クラウスは小さくため息を吐く。

（順調な時こそ大きな落とし穴が待ってるってもんだ。こいつらの油断は、かなり気がかりだな。

それにしても――）

「モヒカンの……モヒカと言ったか？　お前、変わった口調だな」

「拙者、特殊な一族の出身でしてな。これはその名残にござる」

「ほえ～」

クラウスは適当に相槌を打ちつつ、視線を横に移す。

そこにいるのは、王都の考古学者モペイユ。黒狼の戯れの雇い主だが、今にも倒れそうなほど顔色が悪い。

「保存食でも食べるか？」

クラウスが干し肉を差し出すと、モペイユはぶんぶんと首を横に振って断った。

「すみませんが私は菜食主義者でしてね。それに衛生管理されていない代物はちょっと……」

クラウスは微妙な表情で手を引っ込め、頷く。

そして、一つ咳払いをしてから改めて聞く。

「そういえば調査ってのはなんなんだ？　魔物の性質に関わる内容だとは聞いたが」

クラウスがそう切り出すと、モペイユは気味の悪い笑みを見せた。

「ふへへ、『森のエルフ』という魔物を聞いたことはありますか？」

最近ドーマの家に住み始めたエルフ――ラリヤを思い浮かべたクラウス。

しかし、下手に情報を明かさない方が良いと考え、ひとまず首を横に振る。

「ふふふ、一説によると全身を大量の体毛に覆われていると言われ、人魚みたいに下半身が魚のような形状をしているという噂もあるんです。そして、森の奥深くに棲んでいるんだとか」

「そりゃ、見つけるのは難儀だな」

「ええ、だからこそ価値があるんです。私の推論ですが、森のエルフは原始の魔物。つまり邪神信仰のルーツにも関係している。彼らを調べればきっと人間の誕生についてのヒントが──」

「あ、ああ……」

モペイユの話はクラウスにとって冗長すぎた。

黒狼の戯れの面々も、誰も聞いていない。

彼女たちにとってモペイユの目的はさほど重要ではないのだ。

そんな時だった。

「──何か来る」

そう口にしつつ、クラウスが剣を構える。

一瞬遅れて、リシェも「戦闘態勢！」と叫んだ。

それからほどなくして、森の大樹の袖から巨大な泥人形のような怪物が姿を現した。

全身は岩と泥で覆われ、生気のない二つの目玉だけがギロッと目の前の冒険者を捉えている。

その異様な姿に、リシェは呆然と声を上げる。

「な、何よこいつ……S級の魔物でも、こんなの見たことない……！」

「リーダー、先手必勝だ。やっちまおう」

「同意でござる」

そんなふうにシャインとモヒカが鼓舞するのを後目に、怪物は周囲の木々を吹き飛ばしながらジリジリ近付いてくる。

シャインは大盾を、モヒカは弓を構え、イレーナは精神を統一し始める。

怪物が大地を踏みしだく音がその場の全員の耳朶を刺激し、瞬きもできないほどの緊張が走る。

一瞬が、永遠のように感じられるが、攻撃する隙がない。

死にかねない、とリシェは本能が叫ぶのを感じた。

彼女はこのレベルの魔物と対峙したことがなかった。

それでも、どうにか笑みを浮かべて口を開く。

「落ち着け、こちらにはクラウスさんもいる。全員で攻撃すれば必ず勝て——」

だが、リシェが言い終える前に、剣が落ちる音がした。

「……え？」と、イレーナが驚きと絶望の混じった声を発した。

強敵を前に視線を外すわけにはいかない。

しかし、リシェは思わず振り返った——振り返らざるをえなかった。

「ぐっ……がっ……」

そこには苦痛で顔を歪ませながら目を押さえ、地面に倒れるクラウスの姿があった。

呆気にとられたリシェに向かって、怪物が腕を振るう。

「リーダー、あぶねえ!!」

シャインは大盾で攻撃を防いだ――が、盾はベコンと大きく凹む。

「な、なんてパワーだ……こりゃ何回も、もたねえぞ」

シャインがそう呟く隣で、イレーナはすぐさま詠唱を始める。そして、杖を構えた。

「――の恵みよ、私に力をお与えください。『火炎陣』!!」

イレーナの杖が淡く光り、赤い炎が怪物を包む。

これがイレーナをS級たらしめた『三層式連立魔法陣』を用いた魔術である。

連立魔法陣とは魔法陣を複数組み合わせてより高度な魔術を生み出す技術。つまりこの魔術は、三つの異なる魔術が掛け合わさってできている。

どんな敵でも焼き尽くす、火炎陣。これを発動した上で勝てない相手なんていなかった。その事実が彼女を『煉獄』たらしめている。

シャインは思わず笑う。

「ハハハ、凄まじいな。久しぶりに見たぜ、王宮魔術師にも匹敵するという魔術！　だが魔力を全部消費しちまうんだろう!?」

「それでも問題ないわ。最大火力の『煉獄』は全てを焼き尽くすのだから……！」

怪物は業火に包まれている。

しかし、次の瞬間には、火炎陣は難なく弾かれてしまった。

煙の中から無傷の怪物が顔を出し、巨大な腕を振るってくる。

「そ、そんな、私の魔術が効かないなんて……」

「危ないでござる！」

すんでのところでモヒカがイレーナを抱きかかえて跳んで、その腕を避けた。

泥の腕は地面を抉り、木々を吹き飛ばし、岩石をも砕いた。

イレーナの顔が青ざめる。

（もし直撃していれば、骨も残らなかったわ……）

「ぜ、全員態勢を立て直すんだ！」

リシェは叫びながら、怪物に飛びかかった。怪物が振り回す腕を華麗に躱し、舞いながら何度も敵を切り刻む技『五月雨剣舞』で指を二本、切り落とす。

（硬いが、切れる。全員で戦えば、勝てない相手じゃない！）

そこから戦況は、拮抗した。

イレーナはポーションで魔力を回復させつつ水魔術で泥を崩し、モヒカは弓で魔物の注意を引く。

そしてシャインが攻撃を受け、リシェが一撃を加える。

見事なコンビネーションで、段々と怪物にダメージを与えていく。

「全員集中力を保て！　このまま押し切るぞ！」

怪物の指は一本にまで減り、腕も削がれ、着実に弱ってきている。動きもどこか緩慢だ。希望の光が見えてきた――そう誰しもが思ったその時。無慈悲な現実が突きつけられる。

「さ、再生しているだと……？」

そう口にしたリシェの目の前で、怪物はいとも容易く元通りの姿に再生した。

イレーナは、絶望のあまり膝を突く。

「に、逃げなきゃ……こ、こんなところで死にたくない！」

「ま、待つんだ。みんなで戦えば必ず勝てる。屈するな！」

リシェは強い言葉で鼓舞した。

スラム街で生まれ、汚い大人に搾取され続けるばかりだった幼少期。それでも努力し、力をつけ、勝ち続ければ誰もが認める人間になれる――リシェはそう信じて生きてきた。

怪物が、過去に自分を騙した大人と重なる。

（今度は仲間にまで手を出そうというのか。世界は、私から奪うばかりだ！）

憎悪の炎を原動力にして、リシェは剣を構え直す。

そんな彼女の目の前に、二体目の怪物が姿を現した。

シャインの動きが止まる。モヒカも撤退の準備を始めた。まだ、戦う意思があるのはリシェだけだった。

「いつか勝てるんだ！　戦い続ける限り！　敗北はない！」

リシェはそう口にしつつ、一体目の泥の怪物に飛びかかり、剣を振るう。

無我夢中で剣を振るう。それが正解なのだと自分自身に言い聞かせるように。

その時——突然怪物が弾け飛んだ。

内部から爆散し、奥深くに埋め込まれていたコアが露わになる。そのコアもどこかから現れた白い毛並みを持った巨大な虎によって噛み砕かれた。

その横では二体目の怪物が凄まじい熱と炎に包まれている。それは数秒で塵となった。

リシェは剣を下ろし、シャインは再び固まり、イレーナは思わず立ち上がっていた。

「い、一体何が起こったんだ？」

リシェが呟く。こんな超人的な所業を誰が——そう思いながら、周囲を見回す。

「だ、大丈夫ですか？」

現れたのは、ボロを纏った魔術師だった。灰色の髪、へらへらした笑み、やけに立派な杖。全てが胡散くさい。そんなふうに思いつつ、リシェは愛想笑いを浮かべ、声をかける。

「……今のは君が——いや、そんなわけはないか。我々は平気だ。もう少しで倒せるところだったのだが、何故か魔物が爆散してね。強い魔物だった。君は会わなかったのか？」

リシェからしてみれば、目の前には魔物と無関係なC級魔術師と、尻尾を振る小さな白い犬がいるに過ぎない。

「強い魔物……？　さあ。ところでクラウスは？」

「あの通りだ。突然倒れてしまってね」

ドーマは早速クラウスを介抱しに行く。その背中に、リシェは問いかける。

「ところで、泥の怪物を倒した人物を知らないか？」

「え？　あれなら俺が倒しましたよ」

「何？」

リシェは思わず耳を疑った。嘘だと直感的に思ったが、魔物が倒されてからすぐにドーマが現れたのも確かだ。

（まさか本当に彼が……？）

首を捻るリシェを前に、ドーマはへらっとした表情で言う。

「実験中の魔術が意外と高威力で……あ、け、怪我とかしていないですよね？」

「ああ、怪我はしていないが……」

（実験中の魔術？　未完成の代物であの怪物を倒したと言うのか？）

リシェは一旦思考を整理する。S級冒険者でも苦戦した魔物を、辺境のおかしな魔術師が未完成の魔術一撃で吹き飛ばした――それが事実だとすれば導き出される結論は、たった一つ。

「なるほど、我々と戦って弱りきっていた魔物の弱点に、偶然君が魔術を当てた。そしてたまたま近くにいた謎の虎が魔物を倒した……そう考えるべきだな」

リシェは勝手に納得した。

あんな馬鹿げたマネを、こんな田舎のC級魔術師ができるはずがない。そう判断したのである。

「そ、そうよね。だってそもそもあの魔物に魔術はほとんど効いていなかったものね……」

「ああ、あんな化け物、王宮魔術師でも倒せないはずだ」

リシェの呟きを聞いていたイレーナとシャインもそう口にしながらうんうんと頷いている。

ドーマの方へとツカツカ歩いていき、リシェは腕を組んで言う。

「あまり余計なことをするなよ。君は、我々の成長を阻害したんだ。それにこんな場所までついてきて……君が迷子になったら捜すのは我々なんだからな。まあ、一応礼は言っておくが……って聞いているのか？」

「え？　すみません、クラウスが心配なので先に帰りますね」

「は？」

「真っ直ぐ帰ったら魔物もいないんで。では」

ドーマはクラウスを背負うと、そのまま去っていった。

黒狼の戯れの面々は呆気にとられ、互いに顔を見合わせて笑い合った。

また一つ死地を乗り越えた。その充実感が体を満たすのを、彼女たちは確かに感じていた。

ひとしきり笑ってから、リシェは言う。

「一旦村に戻ろう。雇い主も気絶していることだしな」

そう、戦闘中にモペイユがうんともすんとも言っていなかったのは、早々に気絶していたから。

シャインがモペイユを背負い、黒狼の戯れはローデシナに帰還した。

帰り道ではドーマの言った通り、何故か魔物が出なかった。

2

「……ということがあったんだよ」

「ほう。ドーマ、やはりお主の巻き込まれ体質は相当のものじゃのう」

今、俺はそう相槌を打つフローラの故郷であるエルフの里——通称エルリンクにやってきていた。

かつては枢機卿の策謀で長のリーディンを捕らえられ、大変な事態になっていたものの、今ではすっかり平和である。また、元々はかなり排他的だったエルリンクだが、その一件をきっかけにグルーデンと、関わりを持つことになった。

そんなわけで、現在エルリンクには領主から直接認可を受けた数名の人間が常駐している。それによって、異種族の俺が出向いても奇異な目で見られることはなくなった。

かつてエルリンクに囚われた際にパンイチで脱獄したことから『パンイチのドーマ』という些か不本意なあだ名がついているが。

「で、本題です。正体不明の謎の頭痛を治す秘薬はありませんか？」

フローラの隣に座っている彼女の両親――リーディンとラーフにそう聞いてみる。

実は、今日ここを訪れたのには明確な理由がある。

クラウスの謎の頭痛があまりに治らないので、魔術に明るいエルフならもしや何か知っているのではないか……と頼ってみたのだ。ちなみにクラウスは今、俺に担がれている。重い。

薬師として優秀らしいラーフは顎に手を当てる。

「うーん、そうね……」

「そうですよね、流石にエルフと言えどもないですよね」

「十箱ぐらいあるわよ」

「あるんかい！」

「エルフは暇だもの。隙あらば薬を作っていたから、在庫はたくさんあるわ！」

というわけで、クラウスにはその薬を飲ませ、手近なソファーに寝かせてやった。

これで快方に向かっていくことだろう。頭痛の原因は不明だが、俺が考えても仕方がない。

そうして戻ってきて――ふと、あることを思い出す。

「そういえばシャーレがいないようですが、どうしたんです？」

「ああ、あの実に好ましい青年か」

枢機卿を退けた際にともに戦った王宮騎士の『武帝』ことシャーレ。

彼は別れ際に、野菜が美味いという情報を聞いて、エルリンクに滞在すると言っていたはずだ。

ここに来るまでにも彼の姿を見ていないので、何か問題でも起こしたのかと思ったのだが、どうやらリーディンの反応を見るに、そうではないらしい。

「彼ならエルリンクの野菜を食べつくすと王都へ逃げた」

「問題起こしてる！」

「ははは、冗談だ。彼と我らエルフ族は実に良い関係だったよ。残念ながら王都へ帰還したのは真実だがね」

リーディンのギャグセンスは壊滅的だ。見た目は若いのに中身は親父なんだよな。

確かリーディンは二百歳を超えていたはずだが、威厳はまるでない。

「そういえばドーマ君、どうだね、その……普段の生活は。フローラは役に立っているかね？」

「まあ別に役に立つ必要はないんですが、強いて言うならフローラは水のようです」

「ほう、なら君は魚かね」

「うふ、心配する必要はなさそうね」

回答としては間違っていなかったらしい。隣でフローラがうんうんと満足そうに頷いているし。

ラーフとリーディンは顔を見合わせる。

そして何故か突然、リーディンが立ち上がった。

「心配ごとはまだある！」

「な、なんでしょう？」

「……その、戦士に兜はつけているのか？」

戦士に兜？　なんのことだろうか。さっきの話の流れ的に、『水を得た魚』みたいな意味の、エルフ族の慣用句だろうか。

ピキーン。

ここで、俺の頭が冴えた。ここは俺の対応力を見られているに違いない。エルフ族にとって戦士とは名誉ある役割。そして、エルフ族にとって兜とは初心者を指すと見た。

『つけている』の意味はわからないが、フローラは俺たちの家で『名誉あるお客さん』から『新人入居者』になれたか——馴染めているのかと問うているのだろう。

俺らは彼らにとって異種族。親として気になるのも無理はない。安心させてやる必要があるな。

俺は自信満々に言い放つ。

「もちろんです。まあ、もうすぐ兜を脱いでもおかしくないですが」

なんせフローラはすっかり屋敷に馴染んでいて、もう家族の一員みたいなものだからな。

「な、なんだって!?」

だがリーディンは驚愕したように目を見開いたあと、すっかり萎んでしまった。

あ、あれ？　なんか間違えたか？

「お、お主は何を言っているのじゃ!?」

「あらあら、孫の顔が楽しみね」

孫？　よくわからないがフローラは赤面して、慌てたように立ち上がる。

「ド、ドーマは誤解しておるようなのじゃ！　母上もわかっておろう!?」

俺はおずおずと聞く。

「……ラーフさん、ちなみに『戦士に兜をつける』の意味って？」

「避妊してるのかってことよ」

「なんてことを聞くんだ……」

滅茶苦茶センシティブな話題だった。

そのあと俺は、なんとか誤解を解いた。

リーディンは生気を取り戻し、ラーフは「ふふ、もう少し背中を押せば……」とかなんとか不穏なことを言っている。

「まあドーマ君、君も男だからわかると思うが……行動には責任が伴うんだからな？」

リーディンの言葉はやけに重い。まるで実感してきたような言い草だ。

「私も責任をラーフに取らされたばかりに族長に……アガッ」

ラーフはニコニコしながらリーディンの脇を小突いた。

リーディンは滝のような汗を流し始め、勢い良く立ち上がった。

「す、すまない、ちょっと野菜に肥料をあげに行ってくるよ……」

「え？　ええ」

リーディンはそそくさと退室した。今から肥料をあげに？

疑問に思っていると、フローラが耳打ちしてくる。

「母上は人の身体把握に長けておる。今押したのは腹痛のツボじゃ」

「ああ、肥料をあげるって、お花を摘みに行くみたいなことなのか」

エルフ族は独特な慣用句が多すぎる。そして感性もなかなかに変わっている。フローラがかなり常識人だと思えてくるほどには。そういえばフローラはエルリンクでは少し浮いていた。それは常識人すぎるからってことなのかも。

とんでもエルフ代表のラーフは、またしてもよくわからないことを口にする。

「そういえばドーマ君、私にも敬語ではなくていいんですよ？　それにラーフではなく、家族名のドチョペフラーって呼んでください」

「いや、ラーフさんの方が呼びやすいような」

「親愛名のフコンゼポチョでもいいですよ」

「母上はもうどこかに行くのじゃ！」

ドチョペフ『ラー・フ』コンゼポチョ、略してラーフさんはそそくさと退室した。

家族名だけでなく親愛名まであるとは……ん？　そういえばフローラの名前も長かったはずだ。

「フローラの家族名と親愛名はなんなんだ？」

「なんじゃ、出会った時に話したであろう？　フローラ・フォン・メレンブルクと。家族名はメレンブルクじゃ」

「親愛名は？」

「大賢者様じゃ」

こいつも全然常識人じゃなかった。

話を聞くと、家族名とか親愛名とかは自分で適当につけるらしい。だから自分以外ほとんど誰も覚えていないらしい。なんて適当な種族だ！

そんな他愛もない話をしていると、クラウスが目を覚ました。

「ここは……」

「ああ、エルフの里、通称、適当の里です」

「ひどいのじゃ！」

クラウスに水を持ってきてやってから、一通り事情を説明した。

すると彼は立ち上がり、一気に水を飲み干し、言う。

「そうか。迷惑をかけたな、助かったよ」

「いえいえ。で、その頭痛の理由はわかっているんですか？」

「いや、俺も何故痛むのか、わからねえんだ。体調は悪くねえ。だが、時折痛む。まあ持病みたいなもんさ」

クラウスは自嘲気味に笑った。戦いの最中で気を失ったことに、プライドが傷ついているのだろう。俺にできることは、目を逸らして話を変えることだけだ。

「そういえば例の黒狼の戯れは何故あんな奥地に？　偶然弱い魔物しかいなかったから良かったものの、危ないですよ」

「ああ、そういや森のエルフを探してるとか、なんとか言っていたな」

森のエルフ？　エルリンクのエルフ族と何か関係があるのだろうか。

フローラを見やると、彼女は耳を疑ったかのような顔で硬直していた。

「森のエルフ……じゃと？　確かにそう言ったのか？」

「そうだ。邪神信仰とかなんとかな」

「ふむ、なるほどのう。よもや人族がその噂を知っているとは」

フローラは神妙な顔つきで考え込んでいた。

普段ではあまりお目にかかれない険しい表情だ。俺は思わず声をかける。

「その森のエルフとやらは危険なのか？」

「森のエルフが危険だという伝承はないのじゃが、彼らに絡んだ連中は無事に帰還できないという言い伝えがあるのじゃ。人族にはこんな言葉があるのじゃろう？　『触らぬ神に祟りなし』。まさに森のエルフはそんな存在と言えようぞ」

フローラによれば、森のエルフは『エルフ』と名がつくものの、外見はまったくエルフと異なるんだとか。完全に全身を毛で覆われ、腕を四本持ち、巨大な歯で獲物を捕食する魔物らしい。だが極めて内向的で、こちらから手を出さなければ襲われることはない、と。

「調査ぐらいならば大丈夫であろう。手を出さなければ平気じゃ」

「ちなみに、手を出すとどうなるんだ？」

「歴史書には『森が半分消失した』と」

恐ろしいな。何より全ての情報のソースが伝承なことが恐ろしい。偶然、意図せず彼らの逆鱗（げきりん）に触れたために村が全滅、なんて洒落（しゃれ）にならないことが起こっても不思議じゃない。

調査して正しい情報を得たいと思ってしまう。あの考古学者も同じ目的なのだろうか。

「……黒狼の戯れよりも先んじて調査する必要があるな。元々は俺の責務だ」

「ク、クラウスはまだ無理ですよ」

ソファーから立ち上がろうとするクラウスを慌てて押さえ込む。どう見ても彼の体調は万全ではない。

だが確かに、黒狼の戯れの面々が森のエルフを刺激する可能性だってあるのだ。調査は急ぐ必要がある。

「すぐに誰かが調査しなければいけませんね」

俺の言葉に、フローラとクラウスが頷く。

「うむ、森のエルフを刺激しないような覇気（はき）のない人物が良いと思うのじゃ」

「ああ、無駄に健康で、やたら暇で、なおかつ何故か腕が立つ奴が……」

二人は一斉に俺を見た。

「あ、お、俺？　確かに暇だけど！」

なんか言い方に棘がないか!?


というわけで俺と、ついでにフローラは森の奥地へ調査にやってきた。ラウラを呼ぼうかとも考えたが、覇気が凄まじいので、森のエルフを刺激しかねないと判断し、断念した。

結果として魔力の制御に通じ、隠密行動に適した（と言えば聞こえはいいが単に地味な）俺と、案内役のフローラというメンバーに落ち着いたわけだ。

「森のエルフの居場所に心当たりはあるのか？」

「ないのじゃ。あればすでにその辺りに結界でも張って、被害を抑えようとするはずじゃろう？」

もっともだ。だが、伝承によれば大森林の西奥地にある古代遺跡に手がかりがあるという。

魔物に気付かれぬように魔力を絞りながら高速移動し、途中で巨狼の魔物を従えるなんてことをしつつも、ついに遺跡に辿り着いた。

「ご苦労なのじゃ」

「ク、クウン」

魔物は去っていった。それにしても、魔物は完全にフローラに怯えていた。

従えたのはフローラだったのだが、確か『洗脳の秘孔』とやらを刺激していた。それによって恐怖を植え付けられたということなのだろう。恐ろしや、エルフ族。

　それはともあれ、遺跡はやたら壮大で冒険にうってつけな――わけではなく、こぢんまりとした感じだ。

「ふむ、見た目はただの寂れた遺跡じゃのう」

　柱は折れ、壁には穴が開き、入り口は崩れ、浸水している。植物の根や茎が浸食したのが原因だろう。慎重に歩を進め、壁に開く巨大な穴から内部に入ると、一部欠損した壁画があった。

「これは……人間か？　そしてもう一人はエルフ？」

　人間と、耳の尖った人間が、簡単な線で描かれていた。

「こちらにもあるのじゃ。一人の人間と……これが恐らく森のエルフじゃろう。横には古代文字で……『光を通じて』？　意味不明じゃ」

　フローラが指した場所を見ると、手をかざす一人の人間と、それを受ける毛むくじゃらの怪物の姿が描かれている。何を表しているんだろうか。

　他に手がかりがないか探してみたが、特に何もなかった。

「完全に、手詰まりだな」

「そうじゃな。この遺跡から得られた情報は、遺跡が『森のエルフ』と関連していたことだけじゃ」

　付近を探索してみてもいいが、なんせ大森林は広すぎる。ここまで見つからないなら、見つけない方が良い気もしてきたが……

「一旦休憩せぬか？　足がくたびれてしまったのじゃ」

「くたびれたのは巨狼だと思うけど」

「洗脳の秘孔！」

「ア、アブナッ！」

いつか寝てる隙に洗脳されそうで非常に心配だ。ともかく、遺跡内の穴に水がたまり、良い感じの足湯スポットになっていたので水を殺菌した上で温める。遺跡温泉。うむ、繁盛しそうだ。

二人揃って足湯に足を浸して、思わず目を瞑る。

虫の声、風の揺らぎ、木々の擦れる音、そしてじんわりとあたたかなお湯が、徐々に心と体をほぐしていく。まさか遺跡での足湯がこんなに良いものだとは。少し場違いな気がしなくもないが。

「ふふ、温泉はとても素敵じゃな。里の外に出なければわからぬことも多いと、最近は特に実感するのう」

「そういやエルフ族は、風呂に入らないのか？」

「無論入る。しかし、少し形状が違うのじゃ。それに、こんなふうに素足をさらけ出すこともない」

「それは初耳だな」

「うむ。エルフ族は足元を隠すのじゃ。自然とともに生きるエルフ族にとって、大地と繋がる足は神聖なのじゃよ」

フローラの話に思わず感心する。先ほど彼女は「里の外に出なければわからないことも多い」と言ったが、俺だってそうだ。ローデシナに来ていなければ、俺はエルフ族のことなんて知らずに生きていただろう。偶然が世界を広げてくれるのかもしれない。

「ん？　でも家では結構裸足(はだし)じゃないか？」

「その方が楽なのじゃ」

「神聖さはどうした」

「冗談じゃ。エルフ族は女同士で親密になると『裸足の付き合い』という関係になるのじゃよ。お主らは『パジャマパーティー』と言うんじゃったか？」

「……ということは」

「くふふ、無論、お主抜きで女子会を何度も開いておるぞ？」

……もちろん俺が場違いなことはわかってる。だがなんなのだろう。この疎外感(そがいかん)は。対抗して俺も男子会を開くしかない。バストンとクラウスと……ただのいつもの飲み会である。

会話が途切れ、ちゃぷちゃぷという心地よい水音だけが響く。

ふと足元を見ると、二人の足の差に驚く。フローラの足はしなやかで柔らかく、脚線美って感じだ。俺とは月とスッポン、金の延(の)べ棒とその辺の木の棒ぐらいには違う。

「そういえば、今裸足なのは大丈夫なのか？」

まさかフローラにタブーを犯させたりはしていないだろうか。もしもの時は、俺の伝家(でんか)の宝刀(ほうとう)、全力土下座が火を噴くぜ。

「……それを私に言わせるのか？」

予想とは違った言葉が返ってきた。

あ、あれ？　急にフローラが近くに感じられる……いや、精神的にじゃなく物理的に近付いてきているのか。

気付けば、お互いの鼓動が聞こえてきそうなほど近い。彼女は下からこちらを覗き込んでくる。

ふと、お互いの足がぴとりと触れる。

フローラの吐息が頬に当たった——まさにその時だった。

ズウゥゥゥウウンと地響きが遺跡を揺らす。

そして、多量の魔力が放射されているのを感じる。

……なんて、冷静に分析している場合ではなさそうだ。ガラガラと遺跡が崩れ始める。

「ま、まずい、脱出するぞ」

フローラの手を引き、遺跡から抜け出した。

その直後、遺跡は崩壊した。貴重な資料が台無しだ。

だがそれよりも、大森林の一部が燃え盛っていることの方が大問題だろう。

「偶然というのは、往々にして卑怯じゃのう……」

黒狼の戯れが先に森のエルフを見つけてしまったって感じか？

急いで現地へ向かう。幸い、休んだおかげで足は軽い。

辿り着いたのは、木々がなぎ倒されている、爆心地のような場所。現場に到着するまでに三回ほど爆発が起きていたが、それによって地形が変わってしまったようだ。

冒険者たちの姿は見えない。ただ一人、雇い主である考古学者のモペイユがしゃがみ込んで顔を手で覆っていた。

「だ、だから言ったんだ。様子を見ようって。わ、私のせいじゃない……」

「一体何があったんだ？」

話しかけても返答はない。ただモペイユは「邪神が……」と青ざめた顔で呟くだけだ。

「恐らくアレのことじゃろう。得体の知れぬ、奇妙な魔力に覆われておるわ」

フローラが指し示したのは、爆心地の中心に静かに鎮座する、毛むくじゃらの球体だった。

球体からは無数の毛糸が伸び、剣を振るうリシェを弄んでいる。その周囲には、手足を折られたシャインが転がり、毛糸に巻き込まれて白目を剥いたモヒカが、気絶している。イレーナはその場にへたり込んでガクガクと震えていた。彼女の魔力はとうに底をつき、その場でリシェの勝利を願うほかないようだ。だが、そのリシェもすでに満身創痍である。

「五月雨剣舞！」

華麗に毛糸を避けつつ振るわれたリシェの剣は、分厚い毛に防がれた。

そして、剣が弾き飛ばされる。

球体は高い硬度を持った毛の束で無防備なリシェの肩を、腹部を、足首を打ち据えた。

リシェは低く濁った呻き声を上げ、地面に転がる。

「こ、こんなにも歯が立たないなんて……だが、どうにか殺さないと……甚大な被害が……」

リシェはそう呟きながら絶望した面持ちで球体を見上げていたが、俺たちに気付き、必死に声を張り上げた。

「な、何をしているんだ！　早く逃げろ！　こんな奴、誰も勝てない！」

先ほどの攻撃で肺が潰されたのか、声はかすれ、口から血飛沫が飛ぶ。

イレーナも俺たちに気付いたようだが、顔を伏せた。

「き、君たちみたいなのが何人来ても意味ないのよ……ク、クラウスさんなら……殺せるかも……クラウスさんを呼んできてよ！」

そう叫ぶと、俺らの前に結界を張った。

確かに例の球体はおぞましい魔力を放っている。

草木は枯れ、大地は乾き、空気は重い。

だが、どうにも敵意があるようには思えなかった。実際、黒狼の戯れは誰一人としてまだ死んでいない。あの球体は本当に邪神と関わっているのか？

「あれは確かに森のエルフじゃが……邪気は感じぬ」

「ああ、俺もただ『藪蛇をつついただけじゃないか』って思ってる」

「うむ。同じ意見のようじゃな」

だが、このまま手をこまねいている時間はないことも確かだ。じわじわと広がる魔力によって次々に木が枯れ、森の強靭(きょうじん)な魔物たちが白目を剥いて倒れている。

放置すれば魔力は、村まで到達するだろう。文献にあった『森が半分消失した』って記述の根拠はこれか。なんとかあの球体と意思疎通が図れればいいのだが……そう考えていた時だった。

近くの茂みが揺れ、見覚えのある白虎とキノコが飛び出してきた。

「ふう、森の様子がおかしいと思って来てみたら……人間さん、これはどういうことです？」

「ノコ！　どうしてこんなとこにいるんだ。引きこもりのお前が！」

「どうもこうも、魔力がうるさくて眠れないですからね」

ノコはちょこんとイフの背中から降りると、とことこと無防備に球体に近付いていく。

イレーナの結界は簡単に割れた。

「キ、キノコに私の三層式魔術結界が……」

「人間の愚(おろ)かさを、久々に思い出したですよ」

ノコはそんなふうに悪態をつきながら、球体に近付く。

毛束がブオンと空気を切りながらノコに迫るが、フローラが結界を張って守ってくれた。

無数の毛束に対し、フローラもまた無数の結界で防ぐ——という高速の攻防が続く。

リシェはそれを、口を開けてただただ眺めていた。

球体の間近まで到達すると、ノコは困ったように首を傾げた。

「毛玉の中に引きこもってるですよ。親近感は湧きますが」

「吹き飛ばせばいいのか？」

風魔術で毛束を全て吹き飛ばすと、小さな丸っこい生物が現れた。俺たちを見て怯えたように「キュウ」と鳴くと、ポロポロと涙を零す。

よく見るとそいつは切り傷をつけられ、出血していた。

「まったく、人間は無神経ですね。あの温厚な『毛糸族』に手を出すなんて」

「毛糸族？　邪神とかじゃ――ないんだな」

黒狼の戯れの面々と丸っこい生物を治癒しながら尋ねると、ノコはせせら笑う。

「ノコの親愛なる枕が邪神？　ただの臆病な『毛』ですよ」

確かに枕にすると気持ち良さそうな見た目だが……『毛』って。

ノコは周囲を見渡す。釣られて俺も辺りを見ると、目の前にいるのと同じ生物が何体も木々に隠れてこちらを覗いているのがわかる。

「臆病なんじゃろう。近付いてこぬが……まさか『森のエルフ』がこのような種族だとはのう」

『毛糸族』を治癒し終わると、おぞましい魔力は収まった。小さな枕くらいのサイズの毛糸族は「キュウウ」と鳴いてノコの手に寄り添い、ぱあと笑顔になって二度飛び跳ねた。

「ありがとう、と言っていますよ」

毛糸族は俺たちを恨むどころか、お礼まで言ってきた。邪神どころかまるで無害だ。

リシェとイレーナはポカーンとしながら立ち尽くしていた。

ハッとしたように、リシェがノコに聞く。

「わ、我々が見た時は怪物のような見た目だったのに……騙されているんじゃないのか？」

「やれやれ、哀れな人間はみんな見た目で判断しますね。本質を見通すノコからすれば全て同じに見えますけど」

「ぜ、全部同じ？」

「毛糸族が怪物なら、哀れな人間もみんな怪物ですよ」

「……我々も怪物、か」

ノコの後ろに隠れていた毛糸族は、リシェたちが戦意を失ったのを感じ取ったのだろう、ちょこんと俺とフローラ、そして黒狼の戯れの手に跳んできて、ちいさな粒を渡してくれた。

リシェは恐る恐るそれを手に取り、不思議そうな顔で観察する。

「こ、これは大丈夫なんだろうな……」

「春になるときれいに咲く、と言ってます」

毛糸族はにっこり笑ってから、楽しそうに跳ねた。先ほどの戦闘を忘れたかのように。

毛糸族の言葉を聞いて、リシェとイレーナは武器を取り落とし、少し悲しそうな表情で呟いた。

「彼らにとって怪物だったのは、我々の方だったんだな」

あとからノコに聞いた話によれば、普段毛糸族はエルフ族の伝承の通り、醜い魔物のような姿で生活しているらしい。だがそれは威嚇みたいなもの。恐らくエルフ族もその姿を勘違いして伝承を残したのだろう。

毛糸族は本来草花とともに生き、隠れて暮らす温厚な種族だった。誰にも迷惑をかけず、森の中でひっそり暮らしていた毛糸族に、今回はわざわざ手を出してしまったということみたいだ。

黒狼の戯れの面々は、深く落ち込んでいた。そして『見識を広めるためにローデシナや大森林を見て回りたい』とか言い出した。適当に魔物を討伐しながら案内したのだが、ローデシナを出発する頃には、俺に対しても敬意のある接し方をするようになった。

「我々はまだ、世界を知らなかったんだな」

リシェたちは俺やクラウスにそんなふうに感謝を伝え、大森林を去っていった。

何故か俺にだけやたら魔術に関する質問……否、尋問をしていったが、あれはなんだったんだろうか。

☆

ガラガラという音とともに、黒狼の戯れを乗せた馬車がローデシナからグルーデンへの道を駆けていく。

行きは意気揚々といった調子の彼女たちだったが、帰りは意気消沈そのものといった様子だ。

自分たちの力を過信し、善意の塊のような毛糸族を傷つけてしまったこともそうだが、それ以上に、後に起こったことが衝撃的だったのだ。

大森林を見回っていると、あの強敵だった泥の魔物――すらものともしないようなおぞましい魔物の死体が大量に転がっていたのだ。それも瞬殺されたような、爆散死体である。大木のような魔物のどてっぱらに大穴が開いているのを見た時、イレーナは思わず恐れとともに『だ、誰か爆弾でも使ったの？』なんて呟いた。だが、その後ドーマに案内されるうちに、ようやく黒狼の戯れは『誰が泥の魔物を倒したのか』を理解した。

そんな顛末を思い出し、イレーナは言う。

「……あのドーマという魔術師、一体何者なの？」

「ハハハ、わからないが、俺はゾクゾクしてきちまったよ。なあモヒカ」

「無論、拙者も同感でござる。世の中は広い」

リシェは頷く。

「彼はそれを我々に教えてくれたに違いない。そう、まるで賢者の如く……」

黒狼の戯れは視線を合わせ、頷き合った。

……それから数か月後、『大森林の賢者』という歌が吟遊詩人によって王都に広められることになるのだが、本人はそんなことを知る由もなかった。

☆

冒険者が帰ってからも、考古学者のモペイユはローデシナに残ることになった。まだやり残したことがあるらしい。村のはずれに家を借りたらしいのだが、数日後、何故か彼は俺の元を訪れた。

何やら、二人きりで話したいらしい。人気のない場所に案内される。

ま、まさか告白か!? 俺には心に決めた人が――

「……君は王宮魔術師のドーマだね？」

「!! 知っていたんですか？」

「ふ、ふふ、魔力を見て確信してね。やはりそうか……」

モペイユは口角を上げる。そして俺の肩をがしりと掴んだ。

や、やはり告白なのか？

「『エリナーゼ』という名前に聞き覚えはないかい？」

思わず俺は硬直した。告白じゃなかったからではない。

エリナーゼ、もちろん知っている。

ニコラの前の主人で、時代にそぐわない魔術を使っていた正体不明の魔女だ。

「その反応、知っているんだね？ ふふ、ふ、ここまで来た甲斐があったよ。あ、ああ、疑わないでくれ、私は危害を加えたいわけではない」

急に興奮したかと思えば、怯え出してしまった。感情の波が激しい男だ。

「実は森のエルフを調べるというのは建前に過ぎなかった。私の真の目的はエリナーゼを調べることなのだ」

「……話が見えてきませんが？」

「そうだね、では王都の障壁は知っているかい。広大な王都を囲む、巨大な障壁……巨人が殴っても、いくら魔術を打ち込んでも決して崩れないという」

「もちろん知ってますよ。王都四大不思議の一つですからね」

「そんなものがあるのかい？」

王宮魔術師としていくらか真面目に働いていた時、聞いたことがある。

王都四大不思議――王都の障壁、地下の無限回廊、妖怪爺(ようかいじい)と呼ばれる不死身(ふじみ)の大司教、そして絶倫(ぜつりん)すぎる国王、だ。

「最後の方、適当じゃないか？」

「自分で考えたんです」

「そうか」

ともかく、王都の障壁は、首席魔術師の権限を使ってもまったく情報が出てこなかった。

誰もが、過去の文献でさえも障壁については沈黙(ちんもく)を守っていたのだ。

その時はロストテクノロジーなのかと割り切って、真相究明は諦めたのだが……

「私は、数々の手がかりから障壁について調べていた。そして辿り着いたんだ。『エリナーゼ』という名前にね」

「……まさかエリナーゼが障壁を創った――？」

「その可能性が高い。私はエリナーゼが何者なのか調べようとした。……だが、それから私は命を狙われ始めたんだ」

「……⁉」

「王国は何かを隠している。誰にも知られないよう厳重に秘密を守っているのさ。そして、それにエリナーゼが深く関わっている。ここまでは確かだろう」

モペイユは興奮気味に言い放った。

学者にとって探究欲は、命をかけてでも満たしたいものなのだろう。

「君は何か知らないか？　なんでもいいんだ。私は人生をかけて、王国の謎を解き明かしたい……ただそれだけなんだ」

モペイユが嘘を言ってるようには見えない。

だが、彼が命を狙われているとなれば、簡単に話すわけにもいかないだろう。

「……すみませんが、名前を知っている程度でしてね」

「そうか。わかった。だがエリナーゼはローデシナと何らかの関係があったようだ。これを渡そう。

何かわかったら教えてほしい」

そう言って、モペイユはとある装置を手渡してきた。金属製の球体だ。早速解析しようと魔力をこめる。その瞬間、どこかの風景が映し出された。

「これは、一種の記録装置ですか。この術式構造……面白いですね」

「現在の首席魔術師が開発した装置らしいよ。何かあればこれで記録し、私に渡してくれ」

そう残して、モペイユは去っていった。

エリナーゼの手がかりなら家の地下に眠っている。しかしニコラの大切な思い出でもある。俺の判断で勝手に他人に見せられるものでもない。彼には悪いが、重要な情報を伝えるほど信頼できていないのだ。

しかし記録装置か……現首席は結構頑張っているようだ。この調子なら、俺も罪悪感なく左遷生活を満喫できるというもの。それにしてもこの術式は面白い。少しいじれば映像記録もできそうだ。

俺は早速、改造に取りかかるのだった。

3

「気分はどうです、クラウス」

「随分いい。酒でも一杯浴びればもっといいだろうがな」

クラウスを訪ねると、エルフの秘薬のおかげか、体調は良くなったようだった。

非常に晴れやかな顔で、クラウスは語る。

「毒の沼の空気を吸うとよ、気分が晴れる」

「それって中毒じゃないの？」

一緒にお見舞いに来たサーシャが引いていた。

もしかして謎の頭痛ってそれが原因？

「ふん、昔は戦場で恐れられた戦技のクラウスも老いたものね！」

サーシャはずかっと椅子に座って言い放った。口調こそ生意気だが、寂しさも垣間見える。帝国人であるサーシャにとってクラウスは仇敵だ。だが、だからこそ認める部分もあるのだろう。

む、そういえば――

「クラウスは失明したからローデシナに来たんですよね？」

「ああ、そうだ。腕っぷしには自信があったんだが、ある日完膚なきまでに叩きのめされちまった。それもかなり若い女に、だ」

「そこで目潰しされたんですか⁉」

俺は思わず声を上げた。目潰しなんて何たる外道。とても許せぬ。

「違うな。奴にとっては俺なんて潰す価値もなかった。本気すら出していない少女に俺ぁ負けちまった。心が折れちまった。そんで失明したってわけだ。情けない話だろ？」

「そ、そんな……」

いつだって誇り高いクラウスが心を折られるとは。流石のサーシャも「ふ、ふん！　可哀想なんて思わないわ！」とかなんとか言いながらも目を泳がせている。

部屋にお通夜のように暗く沈んだ空気が充満したところで、クラウスはゆっくり付け加える。

「だがな、結果として良かったと俺は思ってる。視力以外の感覚を鍛えて、俺はずっと強くなった。そして――お前らみたいな頼りになる仲間ができた。他に望むことはねえ。そうだろ？」

「ク、クラウスさん……一生ついていきます！」

涙を流しながらクラウスに縋り付くと、普通に嫌な顔をされた。何故だ。

「そういえば例の女、奴も灰色の髪をしていたな」

クラウスがポツリとそんなことを言った。例の女とはクラウスを倒した少女のことだろう。

灰色の髪色は割と希少だ。そして結構悪目立ちする。集会場とかで『え～じゃあそこの灰色の髪のお前！』みたいな感じで指名されがちなのだっ。

「まあ灰髪は希少ですが、他にいないってわけじゃないですからね。他に手がかりは？」

「いや、別に特定したいわけじゃないんだがな。だが……強いて言えばドーマ、お前と同じく気色悪い波長の魔力の持ち主だった」

「確かに先生は気持ち悪いものね」

「おっと、何か大事なものが省略されてるぞ?」

クラウスとサーシャが同調するほど俺の魔力って、気色悪いの?

「よく考えてみれば雰囲気もドーマに似ていた気がするな。お前、姉妹(しまい)とかいないのか?」

「妹がいますよ」

妹——ルエナは現在王国軍に入隊しているはずだ。しかし——

「妹のルエナが『例の少女』だなんて、有り得ません。ルエナは虫も殺せない、優しくて健気(けなげ)な子ですからね」

そう、王国軍って言ったたって全員が矢面(やおもて)に立って戦うわけでもないしな。

「なるほどな。ドーマがそう言うなら違うんだろう」

「一回、会ってみたいわね」

そういえば、妹は最近何をしているのだろうか。真面目だが、人の血を見るだけで失神する天使のような子だった。何かあるたびにぐずって『兄さん、兄さん』と頼ってきたものだ。

王国軍でやっていけているのだろうか。兄は心配だ。元気だといいが……

☆

王都の地下空間、そこは王都最大の人身売買組織『ルクタス』が暗躍(あんやく)する無法地帯である。王国の法の下では、奴隷契約は禁止されているが、闇の中で活動する者どもには関係のない話だ。

『ルクタス』はその筆頭。大勢の幼児を性別関係なく攫い、他国や変態貴族に売り飛ばしている。

そしてタチが悪いことに、兵士が手を出せないほどの強大な戦力を持っている。

その象徴とも言える『ルクタスの十司』。彼らは裏社会を牛耳る十二使徒と同等の実力を持ち、誰も手を出せない――はずだった。

「くっ……なんなんだこの女！　我ら十司が……指一本触れられずに全滅させられるだなんて……」

ルクタスは十司もろとも壊滅していた。それも、たった一人の少女の手によって。

意識がある最後の十司――パリンは、椅子に縛りつけられ、同胞たちの死体の山を前に尋問を受けていた。

「ねえ、早く吐いてよ。どうせ十二使徒と繋がっているんでしょ？」

パリンの目の前でそう口にする、大鎌を持った少女。

彼女は、深く暗い灰色の髪と瞳を持っていた。

「この悪魔め……ぐっ……かはっ」

突然パリンが血を吐く。少しして、最後の十司は息絶えた。

情報を漏らさぬよう、彼の体には遠隔で発動する毒が仕込まれていたのだ。

「もう、面倒な組織」

少女はため息を吐く。『ルクタス』はかなり巨大な組織だった。

しかし、それでも十二使徒の末端に過ぎない。

「ルエナ、いるか？」

軍服をきちんと着用した妙齢の女性が現れた。丁寧に手入れされた長い金髪を規則通り後ろで纏め、凛とした表情を浮かべている。兵士として人々の治安と安全を守る王国軍、その大隊長『千人斬りのアルカイナ』その人である。

単なる一兵士に過ぎないルエナは無言で敬礼する。

その様子を見て、アルカイナは戦果が挙がらなかったことを悟った。

「そちらは成果なしか。ただ、問題ない。こちらで十二使徒の手がかりを発見した。もうすぐ式典があることは知っているだろう？　そこに帝国皇女が来訪する。その時に奴らは尻尾を見せるはずだ」

そんなアルカイナの言葉をきっかけに、ルエナの脳内連想大会が始まった。

（帝国の皇女さま？　兄さんの手紙に書いてあったよね。もしかして、兄さんが王都に来る!?）

ルエナは、ぱっと顔をほころばせた。

「ほ、ほんと!?　兄さんが来るの!?」

「いや、誰だ。……ああ、そういえば兄君がいるのだったな」

「そうだよアルちゃん、ルエナだけの兄さんがいるんだよ……んふっ、うふふふ」

「仲がいいんだな」

何やら怪しげな笑みを見せるルエナを、アルカイナは微笑ましそうに見守っていた。

王国軍は規律を重要視する組織である。本来ならば、ルエナが上官であるアルカイナに砕けた話し方をすることや、ましてやあだ名を使うことなんて到底許されない。だが、ルエナに限っては黙認されていた。王国軍において、ルエナの血も涙もない無双の強さは必要だからだ。なんせルエナは数年前、入団から間もなくして、あの戦技のクラウスを破ったほどの実力者である。

「ルエナ、兄さんに会っていいよね、ねっ！」

「特に断る理由もない」

「やったあ！　アルちゃん大好き！」

無邪気に抱き着くルエナとは対照的に、アルカイナは冷静に周囲の惨状を改めて見る。

（普段は天使のような無邪気さを見せるというのに……戦闘時の魔王さえ殺すような覇気と残酷さはどこから出てくるのだろう……）

☆

「……ヘクショイ！」

突如襲ってきた寒気に、俺、ドーマは思わず身震いする。

誰かが俺の噂でも話しているのだろうか。それとも、凍（こお）った湖（みずうみ）の上に長時間座っているからだろうか……

ローデシナに春が訪れた。しかしまだ森の北部の方は気温が低く、今いる凍った湖のような冬景色も多く残る。この前、バストンがこの湖で『カカギ釣り』というレジャーをやったらしい。

その時の話を、この間聞かされたのだ。

「凍った湖に穴を開け、そこから糸を垂らして『カカギ』を釣る。そしてその場でいただく。ふむ、まさに自然を味わうイベントというべきか」

満足そうに頷くバストンの話を聞いていると、横からグルルと腹の音がした。ラウラである。

「ドーマ、それやる」

「え？　すぐに飽きるだろ？　それに、カカギなんて市場で売ってるじゃないか」

「ドーマは無粋。機械人間。人のこころがわからない」

「わ、わかったよ！」

そんなわけで、カカギ釣りに来ていた（半ば無理やり連れてこられたとも言えるが）。

円状の穴を湖に開け、釣り糸を垂らす。カカギは魔物の肉が好みらしく、ラウラが最上級の魔物を狩ってきていた。もう、その魔物を食べればいいんじゃないのか。

さて、あとはひたすら釣れるのを待つだけである。釣りでは辛抱が大切だ。

待つ。己の身を自然と調和させ、無我の境地に達することで魚も自ずと寄ってくるのだ……

「ドーマ、あきた」

「はやいって！」

「ん、魚屋で買った方がいい。非効率」

「んおおおい、それ俺も前言ったけど⁉」

ラウラが離脱した。そして、その辺の魔物と遊び始めた。どうやら三分以上動かないと死ぬ病気らしい。そのうち、それにも飽きて氷像を作り始める。誇り高い王宮騎士の名が泣くぞ。

「で、その像は誰なんだ？」

ラウラが完成させたのは、巨大な婆さんの像だった。感性が豊かすぎる。

もっとこう雪だるまとか、作るのに適したものがあるだろうに。

「『武神』。わたしのもくひょう」

「あの武神か」

王国には最強と呼ばれる二人の人物がいる。

『武』の武神、『術』の炎神だ。名前だけは知っていたが、ラウラは面識があるらしい。恐ろしく迫力がある氷像だが、本人もこんな感じなのだろうか……

「それより、釣りは？」

「ドーマがやればいい」

仕方がない。ラウラは初心者だ。初心者にいきなりカカギ釣りは荷が重かろう。だが俺は違う。子供の頃は『百匹釣りのドーちゃん』と言われていた男。百匹、いや二百匹でも釣ってラウラを驚愕させてやろう。


釣りを始めて、一時間が経った。

「つ、釣れねえ」

釣果ゼロ匹。本当に魚いるのか、この湖……

ラウラが近寄ってきて、俺のバケツの中を確認し、フッと鼻で笑う。

「うるせえええええ!!」

「なにもいってない」

こんな僻地の湖までやってきて、何も釣れないだなんて、許されない。なんとか一匹でも——

「釣れた」

「な、何!?」

驚いて振り向くと、ラウラが自慢の銀剣でカカギを串刺しにしていた。

ブウンと空中で剣を薙ぎ払うと、カカギが見事にバケツに吸い込まれる。

「えっと、どうやって釣ったんだ?」

「こうやって、こう」

ラウラは普通に水中に斬撃を飛ばし、浮いてきたカカギを一刺ししてバケツに入れていた。すぐにバケツがいっぱいになる。ラ、ラウラさんや、それは釣りじゃない。狩りじゃ。

まあいいか。俺もそろそろ限界だったんだ。

氷の上に土の小さな土台を作り、その上に火をくべる。先ほどラウラが狩った――釣ったカカギを串に刺して塩を振り、ぱちぱちと燃える炎を囲むように設置して、焼く。

脂の焼ける香りが鼻をくすぐり、ほど良いこげ茶色の焼き目がついたところで、少し休ませる。

最後にほんの少し炙ってやると、『バストン流最高のカカギの塩焼き』の完成だ。

「こ、これぞ男のロマン……」

「ん、うま。美味しい」

「食べるの早っ！」

ラウラが全て食べてしまいそうなので、俺もいただく。

「ハムッ、ハフハフ、はふっ」

熱さに悶えながらかぶりつくと、パリパリの皮の中からジュワジュワの脂が溶け出してくる。

丸々と太ったカカギの身はホクホク。ほど良い塩のみの味付けが、自然の味を上手く引き出していた。森の綺麗な水と空気の中、栄養を十分に摂取しながら育った魚が不味いわけがない。

あっという間に、全て平らげてしまった。ラウラも満足そうに頷く。

もう日が暮れてきているので、早く帰らないと道がわからなくなりそうだ。

急いで撤収の準備をし、ゴミを綺麗に片づけて湖を去る。やってきた時より綺麗に。

それにしても、ラウラが魔物と遊んでいたせいで片づけは大変だった。おかげでもう夜だ。

帰り道は、俺はさっぱりだがラウラが覚えていることだろう。そうでなくともラウラの帰巣本能でどうにかなるはずだ。そう思っていたのだが――

「あ、雨？」

ぽつぽつと小雨が降り出した。この程度なら帰るのに支障はないだろうが、森の天気は変わりやすい。案の定、俺らが木陰へと移動する頃には瞬く間に雨脚は強まり、ついには数歩先も見えなくなるほどの豪雨――『極雨』になった。

「『青い闇』……噂には聞いていたけど、凄まじいな」

けたたましい雨音と雷鳴、そして重量さえ感じさせるほどの圧倒的雨量。

早く家へ帰った方が良さそうだ。

「……ラウラ、大丈夫か？」

返事がない。振り返ると、ラウラは木にもたれかかり、ぐったりとしていた。

頬は赤く、目は虚ろで、足に力が入っていない。

額に手を当てると、火傷するほど熱い。冷たい湖上にいたせいで、体調を崩したのだろうか。

「……凄い熱だ。なおさら早く帰らないと」

ラウラを抱え、帰り道を――そういえば、帰り道がわからないんだった。

慌てて周囲を見回すと、小さな山小屋を発見した。

しかし、駆け寄ってみると想像以上にボロボロだと気付く。

壁には穴が開き、中は埃だらけで、雨漏りもひどい。だが、外よりマシだ。

魔術であちこち補強して、部屋の中を温め、空気穴を作ってから火を焚く。

ラウラの外套を脱がせると、染み込んだ雨水が服を濡らし、ぺったりと肌に纏わりついていた。

このまま放置していたら、体温が奪われてしまう。

服に手をかける。ラウラがぴくりと動いた。

「こ、これは治療のため、治療のため……」

脳内で素数を数えつつ、高速で濡れた服を取っ払い、全身を隈なく拭き、温風で乾かした外套を再び着せる。その間、僅か十秒。匠の仕事が、そこにはあった。

だが、一体どうして急に体調を崩したんだ？　寒さや雨如き、ラウラの敵ではなさそうだが……

そう考えながらラウラを観察して――やけに膨らんだブーツに目が行った。

ラウラを寝かし、ブーツを脱がせると、ふくらはぎに巨大なヒルがくっついているのに気付く。

……き、きもい。

慌てて滅却すると、ラウラはぱちりと目を覚ました。

「なにしてるの？」

「治療だよ治療、寝てろ」

足先が霜焼けのように腫れかけていたので、治癒魔術を施す。

パアと光ったのち、ラウラの足は元通りになった。

するとその足が、俺の頭に乗せられた。

「…………」

ラウラはジトッと俺の方を見ている。俺の頭に足を乗せたまま。何がしたいんだ。

足をどかし、ラウラの寝床を作る。ぼろ布を敷いただけだが、焚火に近いから、暖かい。

「ドーマは……ドーマもさむそう」

「いや、そんなことはな——グヘックション！」

そんなことはあった。鼻をズビズビしていると、ラウラが手を広げる。

「いっしょに……ねる？」

静寂の中で、ぱちぱちと焚火の音だけが耳に届く。

ほんのり暖かいオレンジの光に照らされたラウラの瞳が、俺を捉えている。

「……いや、やめとくよ。俺は外を見張ってるって——うわああ！」

「ひとはだがいちばんあったかい」

ラウラは俺を強引に捕まえ、抱き枕にしてきた。

ま、まずい。耐えよ俺の理性。ラウラもきっと深いことは考えていないはずだ！

「ぐーーーすぴーーー」

「もう寝てるし！」

ラウラは爆睡していた。俺の苦労も知らないで……

もぞもぞとお互いが動くたびに、柔らかな肌の感触を得て、意識が覚醒する。眠れるわけがない。

仕方なく、俺は最高峰の魔術、七十一層式連立魔法陣『夢幻無中』を発動させた。

これは自己暗示や催眠によって人を操る魔術だが、自分にも使える。

「うおおおおおおおお!!」


……そのあと、めちゃくちゃ爆睡した。

目が覚めるとノコとイフが小屋の中にいた。どうやら、俺たちを捜しに来てくれていたらしい。

ただ、それは外套だけ羽織ったラウラに抱き着かれているところを見られたことをも意味する。

しかし、帰りにノコに串焼肉を奢ると、『みんなには黙っていてあげる』という言質を取れた。

賄賂は最高だぜ！

4

肌寒い初春も終わり、ローデシナには花や木々が芽吹いてきた。

夜は涼しく、日中は暖かい。良い季節だ。

そんな優しく柔らかな春のとある日のことだ。

【召喚命令】なるものが我が家に届いた。これは俺とラウラに宛てた、王族名義の令状である。

紙の色は赤色。見るからに不吉だ。

嫌々ながらも読んでみると、『近々王都にて、帝国との停戦十周年を祝う記念式典があり、要人が一堂に会するため、護衛の仕事を頼みたい』といった内容だった。

とても面倒くさい。だが無視するわけにはいかない。一応、国家公務員だからな。

そう渋々決意を固めていると、俺の手元を覗き込んでいたサーシャが言う。

「ああそれ、私も行くわよ」

「あれ？　サーシャも参加するのか？」

「だって私、名目上はそれに出席するためにローデシナに寄ったってことになっているもの」

「初耳だが！」

悪びれもせずサーシャは参加状を見せてきた。

皇女であるサーシャは、帝国の国賓として出席するらしい。

まあ確かに、サーシャは帝国皇帝の娘。こんなところにいる方がおかしいのだが。

俺は帝国皇帝の姿を思い浮かべた。

……なんだか嫌な予感がするな。というか、面倒な予感だ。

今回の式典が何事もなく終わるはずがないと、何かが訴えかけている。

仕方がない。念には念を入れて、防護用の魔導具を一式作っておくか。


工房に到着した俺は、早速作業に着手していた。

今回作るのは、悪意のある攻撃から身を守る結界を数度だけ張ることができるペンダントみたいなものだ。

「ふーん、魔導具ってそうやって作るのね」

「よくわからないけどすごい。ほしい」

……さっきからサーシャとラウラの二人が、両隣から作業を見ながらほーとかへーとか反応してくる。顔が近くて、集中できない。

「いい天気だし、外にでも行ったらどうだ？」

「何よ。せっかく応援してあげてるのに！」

応援してたのか？　真近で見られると気が散って正直邪魔なのだが。

まぁ、これも精神訓練の一種だと考えて取り組もう。

「何だか凄く失礼なことを考えられてる気がするわ」

「そんなことないぞ」

「ね、ラウラはどう思う？」

「なにが？」

聞いてないんかいっ！　と思わず心の中でツッコんでしまう。だが、まあいつものことだ。

釣りに行って以来、ラウラのぼーっと加減がなおさら増した気がする。この前は、庭の椅子に座って昼から晩までずっとどこかを眺めて微動だにしていなかった。普通に怖い。

そんなラウラに呆れたような顔を向けつつ、サーシャは「話聞きなさいよ」と頬をぷにぷにとつついている。

本当に二人は仲がいい。もう一年近く一緒に過ごしているのだと考えれば、納得できる話ではあるか。そんなことを考えつつ、俺はふと気付く。

サーシャが凄く薄着なのだ。嫁入り前の皇女だというのに、肩を出した格好をしている。

「サーシャはもう少し暖かい格好をしたらどうだ？　ほら、そこに上着があるから」

「ふふん、こうした方が暖かいわ」

サーシャはゆっくりと腕を伸ばし、俺の体にしなだれかかってくる。

丹念（たんねん）に手入れされた、柔らかな肌の感触に、俺は――

「コオオオオオ……」

「す、凄い集中力だわ！」

さて、持ち前の集中力を発揮し、無事魔導具は完成した。

これ自体にも十二層式の連立魔法陣の簡易結界を付けた。刻まれたドクロがかっこいい。

「………なにそれ」

ラウラはちょっと微妙な顔をしているけど、気にするまい。

ともあれ、動作を確認するべく、外に出てラウラに試し切りをしてもらうことにした。

ラウラは腰に差した銀剣に手をかけて、抜刀し――魔導具は起動すらすることなく、一瞬で真っ二つになっていた。

「ま、また腕を上げたな……魔導具なんかいらないんじゃないか？」

「そう？　でも、ほしい。役にたつときがくるかも」

本当だろうか。ラウラでも勝てないような相手に魔導具の効果があるとは思えないが。

なんにせよ、まだまだ改善の余地はありそうだ。

そう考えた時だった。天地がひっくり返りそうなほどに大きな雷鳴が、背後から聞こえた。

いや、違う。雷なんか落ちていない。空は晴れ、あくびが出るほど穏やかな気候だ。

なのに何故、轟音がしたんだ。

――やばい、遥か後方に何かが、いる！

俺の本能が五月蝿いほどに危険を訴えてくる。冷や汗が止まらない。

隣のラウラの銀剣を持つ手にも力が入っているように見える。

「ま、『魔術層陣』！」

俺は振り返りざまに新魔術を披露する。

領域内の魔術や攻撃を自動で解析しつつ、攻撃、防御までできて、さらに治癒魔術を常時展開しながら強化魔術を重ね掛けする——そんな自動付与てんこ盛りの、八十層式の魔術である。

戦闘特化の魔術で、展開中であればラウラとも互角に戦える。……数秒だけだが。

また、同時にラウラにも強化魔術を重ね掛けする。

魔術層陣の効果範囲が広がり、とうとうその端に、轟音の主が触れた。

そいつが持つ魔力は、あまりに規格外だった。巨人の手のひらの上で踊っているような、無力感に苛まれ、俺は腕を下ろす。

轟音の主は、一歩一歩近付いてくる。

ラウラは臆することなくそいつに飛びかかり、一撃を繰り出した。

うねるような魔力、そして音を置き去りにする速さ。

鋭く、美しく、そして難解な一撃『桜一閃』が最高の精度で放たれる。

「カアァッッッ!!」

しかしラウラの一撃は、蚊を払いのけるような軽い動作で逸らされた。

それどころか、気付けば銀剣は吹き飛ばされ、地面に突き刺さっていた。

「ラ、ラウラ!」

思わず声を上げつつ、無我夢中で相手に渾身の魔術を放つ。

大杖が赤く輝き、最大出力の魔力弾が龍の如く奔り、雷鳴の主に直撃する。

「ふんぬっ！」

あっけなく俺の最高威力の攻撃はぺちりと弾き飛ばされた。

そして轟音の主は、ラウラを羽交い締めにした。
ラ、ラウラが全身の骨を砕かれる！　殺される！　そう戦慄していたのだが――
「ん、ひさしぶり、おばあちゃん」

「はっはっは！　ラウラ、鍛錬が足りないみたいだねえ！」

――ん？

ラウラは全身の骨を砕かれるどころか、全身をもみくちゃにされて可愛がられていた。

ラウラもどうやらそれを喜んでいるようだ。

鬼か悪魔か魔王か……そう思っていた雷鳴の主は、ただの人間だった。

それも高齢の女性だ。しわや皮膚のたるみ、そして長い銀髪だけを見れば単なる老女だが、体躯を覆う巨大な筋肉や鋭い眼光、歴戦の雰囲気が只者ではないことを示している。

い、一体何者だ？

戸惑っていると、ラウラが珍しく察したようで、少し興奮気味に老女を紹介してくれる。

「わたしのおばあちゃん」

「ええ!?」

「わたしのもくひょう！」

いや、そんなことが聞きたいわけじゃ……ん？　いや、聞いたことがあるな。確かラウラの目標って……

「ま、まさか……武神!?」

「おう、知っているか、若造。あたしに魔術で傷をつけるとは、鍛え甲斐があるようだな！　はっはっは！」

武神は豪快に笑った。

俺がつけたらしい掠り傷が、回復魔術もなしに速攻でモリモリ治っていく。い、異常だ。

武神・ソルヴィ。炎神と並んで王国の最強戦力とも呼ばれる御仁だ。

確か御年七十二歳とか聞いたことがある。一人で山を吹き飛ばし、海を割り、空を飛ぶ超人だ。

俺は眉唾物の伝説かと思っていた。だが現実を見れば、どうやら真実らしいことがわかる。

目の前の婆さんは、まさしく超人伝説を体現していた。

「というよりラウラって、武神の孫だったのか」

道理で桁違いの強さなはずだ……と感心していると、ソルヴィは首を横に振った。

「いいや、ラウラは孫弟子だ。あたしとは血が繋がっていない。だが、孫と言われれば孫だねえ」

確かに、髪色は全然違う。それにラウラがこんな超人婆さんになる未来は想像できない。

そう、ソルヴィはデカい。力も声も背も魔力も、全てがデカい。

全てがこまいラウラとは大違いだ。

「さて、じゃあ第二ラウンドと行くかねえ。準備はいいかい？」

「え？」

ソルヴィは腕を組んだままニカッと笑った。ドドドドドと滝が落ちるような音とともに、魔力が大きく渦巻く。

「鍛錬は、死の境地に入って初めて身になるのさ」

「あ、ああああああああああああ」

その日、俺は四回死の淵をさまよった。

武神ソルヴィ……俺の師匠と同じ香りがする。

ソルヴィは家の椅子をミシミシ言わせながら、アツアツの紅茶をためらいなく飲んでいた。

彼女の皮膚は鋼鉄だ。溶岩でもない限り、ダメージを与えるのは難しい。

そんな最強の武神が辺境のローデシナまでやってきたのは、どうやらサーシャを王都まで護衛するためらしい。

「王国がそこまで気を遣うだなんて珍しいわね」

「それほど平和が大事ってことさ。あたしも無益な暴力はこりごりだしね」

ソルヴィはそう言う。半殺しにされた俺の隣で。

どうやら無罪の魔術師をボコボコにするのは無益ではないらしい。

ニコラが心配そうに俺の手をさすってくれる。なんていい子だろう。

俺がほろりと涙を流している横では、王都行きの話が徐々に纏まっていた。

「あたしが担いでいけば半日で着くんだがね」

「嫌よ、そんなの。それに、先生とラウラも一緒だから」

「我が儘な皇女様だわい」

王都へ向かうメンバーは、俺とラウラ、そしてサーシャとナターリャに、護衛のソルヴィ。

ノコとイフは武神を恐れてか、近付いてさえこないし、ニコラは屋敷から離れられない。

ちなみにフローラは帰省中だ。春から夏にかけて、エルフ族は野郎禁制・門外不出の儀式で忙しいらしい。この間会った時は、スケスケの服で謎のお香を焚いていて、いかがわしさ全開だったが、大丈夫だろうか。

『うふふ、エルフ族は貞操を大切にする種族だから大丈夫よ』

まぁ、ラーフさんが何故かそんなことを俺に言ってきたのを見るに、大丈夫なんだろう。

閑話休題。結局、話し合いの結果、半月以上かけて馬車で向かうことになった。

皇族たるもの、見た目も豪奢な装飾が施された乗り物に乗らなければ格好がつかないのだ。

めんどくさいね。

王都へ発つ前にやるべきことがある。それは、家の地下室にあるエリナーゼの資料を整理することだ。一度見た資料ばかりだが――いくつか見落としがあった。

いや、見落とすようにできていた、と言うべきだろう。

というのも新情報は、部屋の中で『魔術層陣』を使ってようやく見つけたものだからな。

出てきたのは一冊の本と、一枚の紙。

紙の方はただの手紙だ。『スカラ』という人物が誰かに宛てて書いている。宛名はちょうど破れて読めなくなっているし、内容も事務確認のようなもので、大した情報は得られなかった。

とはいえ、王都にサン・スカラ大聖堂という建物があったはずだ。

一応、頭の片隅には置いておこう。

もう一冊の本は鍵（かぎ）がかけられていて……まるで開かない。幾重（いくえ）もの魔法陣で厳重に固く閉ざされている。だが俺とて一介の魔術師。腕が鳴るぜ。

「ぐぬぬぬぬぬぬ」

開かない。ニコラに事情を話すと、鍵を持ってきてくれた。持っていたんかい。

二人で一緒に開く。ニコラにも当然知る権利があるからな。

本を開くと、光り輝く魔力が体の中に入ってくるのを感じた。

「これは……エリナーゼ様の魔力なの……です……ぐすん」

ニコラは涙を零した。

抱きしめると、太陽の香りがした。ほんのり温かく――いや、熱い。

「背中が燃える!!」

自分の背中の方に視線を遣ると、光り輝いていた。

俺の背中には師匠によって魔法陣が刻まれているが、その一部だけがやけに光っている。ば、爆発する!?

だが、少し待ってみても、何も起こらない。

ニコラは指を頭に当て、唸った。思い当たる節でもあるのだろうか。

やがて彼女は目を見開いた。

「あっ！　思い出したのです！　エリナーゼ様が確か、一度だけ言っていたのです。『因子』は共鳴し合うと」

「因子？」

ニコラは例の本を開くと、特定のページを指差した。そこには『「因子」は力の分与――すなわち、意志を力に変換して与えたもの。それを持つ人や物は大きな力を宿す』と、そう書かれていた。

「実はニコラも『因子』を持っているのです」

そう言って、ニコラは本の『鍵』を俺に見せた。金属製で装飾が少ないそれは、普通の鍵のように見える。しかし、確かに膨大な魔力が秘められていた。つまり、俺の背中の『因子』がニコラの鍵の『因子』と共鳴した――ということだろう。名付けて『エリナーゼの因子』だ。

ふむ。俺は何故因子を持っているのだろうか。わからない。つまり気にする意味がない。

この本をもう少し読み込んだ上で、王都で調べるべきだろう。

それが俺のためでも、そしてニコラのためでもある気がした。

「二つの因子……決めたのです。これは、ご主人様に預けるのです」

「いいのか？　大切なものなんだろう」

ニコラは遠い目をしながら目を潤ませ、鍵を握りしめた。

「かつてエリナーゼ様はニコラにおっしゃったのです。この鍵は常にニコラとエリナーゼ様を繋ぐ物だと。だからご主人様が持っていれば、ニコラはいつでも大好きな二人のご主人様と一緒にいるのと同じなのです！」

鍵を受け取ると、重量以上の重みを感じた。まるで鍵に意志の重みが乗っているようだ。

ニコラのためにも王都では頑張って調査しよう。そう、改めて決意した。


二日後、一通り準備が終わったので、早速出発することにした。

昨日、モペイユが訪ねてきたが、情報がないことを悟ると、帝国方面へ旅立っていった。

『その装置は差し上げます。また会う気がしますからね。ふふ』なんて告げて。

妙な笑みを浮かべていたが、まさか本当に俺のことが好きなのだろうか……

それにしても、今回も精霊組がお留守番になってしまったな、と玄関で改めて思う。

精霊は結構土地に執着するから仕方がないとはいえ……少し寂しい。ノコは平然としているが。

「しばらく質のいい魔力が摂取できなくて残念です。ノコの養分として早く帰ってくるといいですよ」

「ふふん、このキノコ、実はご主人様がいない日は元気がないのですよ。寂しがりやのお子ちゃまなのです！」

「なっ‼　矮小なボガートこそ、毎日人間さんの臭い枕を抱いているくせに！」

「え？」

思わぬ飛び火である。

ともあれ、なるべく早く帰ってくるようにしよう。

イフは寂しそうにクウンと鳴いて一度俺を見やったが、その後は番犬として家を守るべく立派にもふもふの毛並みで胸を張り、堂々と俺らを見送る姿勢になった。完全にただの犬である。

俺らは精霊組に手を振り、屋敷を出た。


出発してから、馬車は順調に進んでいく。

小休憩の度に木陰で一人、魔術の特訓に励んでいると、突然俺の前にソルヴィがズカッと座った。

「あたしは、お前を認めておらん」

「ひょ、ひょえ？」

ギンッ！　というソルヴィの視線に、俺の足がすくむ。

「ラウラは……あたしが自分の娘のように可愛がってきた。何かあったらお前さんを消し炭にするところだったよ」

本気の目をしている。明らかにソルヴィは俺をよく思っていないようだ。そりゃ大切な孫がよくわからん男といるのだ。俺だったらもう消し炭にしている。

「そ、そういえばラウラの幼少期はどんな感じだったんです？」

ギンッ！

「それをあんたに話す必要はあるかい？」

……俺はもう禿げそうだ。

「冗談だよ。そう怖がらないでおくれ。ラウラに怒られちまうからね。そうさ、ラウラは昔から芯の強い子だったよ。少し抜けてはいるがね」

「す、少し……？」

ギンッ！

「なんだい？」

……俺の寿命が縮まった。

「血は繋がってないがね、意地っ張りで負けず嫌いな性格は、まるであたしの幼少期を見ているようだったよ。叩けば叩くほど成長するってもんさ。ラウラは育て甲斐があったね」

ソルヴィは過去を思い出したのか、柔らかな笑みを見せた。

その過去があったおかげで、今の異常な戦闘力を持つラウラが爆誕したのか。

「つかぬことをお伺いしますが、ラウラの親は――」

「まあ色々あってね。親の顔も知らないだろう」

『色々』に深い意味が込められているのだとソルヴィの横顔が語っていて、詳しく聞くことはできなかった。そういえば、ラウラの姉で冒険者ギルド長のラウネも、この武神に育てられたという当然の事実に今更気付き、そっちに話の舵を切ることにする。

「ラウネとは学生時代から知り合いだったんですが、武神から育てられたとは聞いてませんでしたよ」

「ふん、そりゃそうだ。姉の方はダメだね。魔術なんかに逃げおって。あたしのところに顔さえ見せに来やしない」

おっと。藪蛇をつついたようだ。ソルヴィの表情が途端に険しくなってしまった。

まずい。俺は慌てて三下ムーブを発動する。

「ま、魔術に何か恨みでもあるんですかね？　へへへ……」

「ただただ、軟弱だ」

鍛え抜かれたその体。信じ抜くのは己の体一つ。そんなソルヴィには、杖に――魔術に頼る魔術師はよく映らないのだろう。だからこそ、俺はソルヴィに認められたいと思ってしまった。

この圧倒的強者に認められた時、俺は次の段階に進めるはずだ、と。

「ソルヴィさんに勝てたら俺を……魔術師を認めてくれますか？」

ソルヴィの動きが止まった。かと思えば、豪快に笑い出す。

「はっはっはっは、その度胸はいいねえ。好きだ。だが――そういう台詞（せりふ）は、あたしのこの『粉砕拳骨（ふんさいげんこつ）』に一発耐えてから言うべきだねえ」

ソルヴィは座ったままブウンと腕を振った。その衝撃で少し離れた場所にあった山は割れ、大地は砕け、空には大きな歪（ひず）みが生まれる。

俺は土下座の準備を始めた。

「あたしに勝てないうちは、ラウラはやるわけにはいかんね」

「デ、デカすぎる壁……！」

寿命を待つ方が現実的だと思ってしまうくらいには。

ソルヴィは言いたいことを全て言い切ったのか、ドン！　と立ち上がって立ち去っていく。

そういえば、俺はまだ聞きたいことを聞けていない。

思わず「あ、あの……」と声をかけると、ソルヴィは足を止めて振り返り、目を細めた。

「『エリナーゼ』という名前を聞いたことがありますか？」

「フンッ、ないね。でも――王城でそんな名前を見たことがあるような気がするねえ」

ソルヴィが持っている情報は、それだけだった。

王城か。王宮魔術師といえども、おいそれとは入れない場所だ。

なんとか探る方法を考えとかないとな……

色々模索している合間に、馬車はあっと言う間に王都へ到着した。いや、厳密にはまだ王都ではない。王都は巨大な湖に面している。そこへと通ずる道に俺たちはいる。

賓客や貴族――いわゆる非庶民は船で王都へ入るのだ。

だからなのか、ここら辺はとても盗賊が多い。

「へへへ、この婆さんの命が惜しけりゃ、金と女を置いて立ち去りな！」

今馬車は、盗賊に囲まれている。

頭領みたいな奴は、よりにもよって超人婆さんに剣を突き付けている。

俺は頭領みたいな奴に向かって叫ぶ。

「や、やめろ！　死ぬぞ！」

「ああん？　死ぬのはお前らだ。へへへ、いい女が揃ってるじゃねえか。この女どもを○○して○○して○○してやるぜ」

「お、おい！　そんなことをしたらこの一帯が血の海と化すぞ！」

「お前、さっきから何を言って――ぶへえ！」

頭領みたいな奴はソルヴィに殴られ、錐もみ状態で吹っ飛んでいった。

ああ、可哀想に。もう助かるまい。

ソルヴィは汚らわしそうに手を拭く。

ようやく彼女が異常だと悟ったらしく、盗賊たちは怯え始めた。それでもそのうちの一人が叫ぶ。

「お、おい！　俺らはあの十二使徒の一人！　第四席のティアー様の直属の部下だ！　俺らに手を出せば、ティアー様が黙ってないぞ！」

この道中で、第四席ティアーとやらの悪行は耳にしていた。貴族を攫い執行官を殺す、王国の大敵であると。

ソルヴィは呆れたようにため息を吐く。

「じゃあその第四席に言っておくんだね。さっさとこの武神にかかってきなと」

盗賊たちの顔が青く染まる。誰に手を出したのか、ようやく理解したのだろう。

そこからの顛末は……言うまでもない。


さて、湖に到着した。諸々の手続きを終え、馬車ごと船に乗る。

船頭が静かに櫂を漕ぎ、船は進む。王都でまず最初に来訪者を待ち構えるのは、二体の巨大な石像だ。天にも昇る大きさの石像は手を湖に向け、障壁を張っているかのようだ。

これは通称『新王の誕生』。二百年前からあるとすら言われる、由緒正しき石像である。

来訪者は、この石像の神々しさに当てられて、王国への畏怖と感動の念を抱くのだ。

石像を通過すると、巨大な水門が待ち構えている。船が近付いてきたのを見て、門衛の巨人族がゆっくりと鎖を引く。門扉がゴゴゴと音を立てて開いていき、絢爛豪華な王都の街並みが船先に広がった。港に停泊する船は夥しく、人々の活気は水面を揺らすほどだ。

「これがサン・エルシャ……王都なのね」

思わずサーシャは感嘆していた。

俺ですら、何度訪れてもその豪奢な雰囲気と繁栄ぶりに度肝を抜かれる。

今の時期は式典も近いため、港はさらに賑わっていた。

船が停泊したので、馬車を降ろす。街の中は人で地面が見えないほど、ごみごみしている。港での入都手続きの間、豪華な馬車を見て物売りが寄ってくるのも、王都ならではだ。

「新聞、新聞はいらないかい」

そんな言葉とともに、老婆が強引に新聞を手渡してきた。

『話題の「大森林の賢者」は元王宮魔術師!?　その素顔に迫る!』

そんな見出しだ。大森林の賢者……そんな奴がいるとは。帰ったら捜してみよう。

「お前さんも魔術師かい?　だったら賢者様を見習うんだよ。ふぇっふぇっ」

老婆はそう言って俺から金を巻き上げた。ぐすん。

そうこうしている間に俺らの番がやってきた。

式典が近いからか、兵士や執行官が多いな。

「ん?　あの姿は……」

「次の馬車、入ってください」

王都の玄関口たる門では、厳重な検問態勢が敷かれていた。式典が近いことはもちろん、最近の王都は情勢が不安定で殺人・失踪事件が多発していることもその一因だ。

そしてその検問には、魔族狩り執行官も駆り出される。

「うぅ……これいつ終わるんですかぁ」

「おやおや。もうすぐですよ。一緒に頑張りましょうね」

晴れてC級執行官となったミコットもご多分に洩れず、延々と続く馬車整理に悲鳴を上げていた。

隣では教育係であるA級執行官『クマ伯爵』が優しげな笑みを浮かべているが、その存在はミコットに安らぎを与えていない。

(ぬいぐるみが喋ってますよう……)

巨大なツギハギだらけのクマのぬいぐるみ。シルクハットをかぶり、杖を持って、ノシノシと鈍足に歩く姿は愛嬌たっぷりだ。

その姿から子供にも人気のA級執行官クマ伯爵は、ミコットに内心怖がられていた。

(はあ。憧れていた執行官になったはいいものの、理想とは全然違いますね。常に恨みを抱かれるし、民からは石を投げられたり、ご飯に毒を入れられたり、上司は変なぬいぐるみだったり……

うぅ……もう心が折れそうです。ローデシナにいた時は、楽しかったなあ……）

ミコットの両親はどちらも魔族狩り執行官だった。いつも真面目で、国のことを想い、人族の敵である憎き魔族を討ち滅ぼそうと活躍していた。そんな両親に対する憧れから、半ば盲目的に執行官を尊敬していたミコットだったが、最近は少し疑念を抱きつつある。

執行官はナドア教会——王都では大司教直属の組織である。しかし、直近の命令は教会の教義にも反している上、無罪の魔族を捕まえるようなものも多い。大司教派の名の元にやりたい放題なので、近頃では大司教が王国を実質支配している、なんて言説を耳にするぐらいである。

（ミコット、思うんです。捕まった魔族はどこに行っているのでしょう、と）

「……ミコット。聞いているのですか？」

「ひゃ、ひゃい！」

「物思いにふけるのはまだ早いですよ。ほら、何か感じませんか？」

クマ伯爵にそう言われ、スンスンと鼻を鳴らすと、何やら異臭がする。

「どうやら魔族がいますね。注意してくださいね」

「は、はい！」

（つ、強い魔族じゃないといいなあ……）

そう願いながら、ミコットは馬車を次々チェックする。

(いない。違う。この馬車も……大丈夫)

次は所々塗装(とそう)が剥(は)げ、かなり傷(いた)んだ馬車。ミコットがドアを開けた瞬間――頭から角(つの)を生やした凶暴な魔族が剣を振りかざして、襲いかかる。

「執行官に断罪を!!」

「わ、わあ！　なんでミコットの時なんですか!?」

ミコットは背負っていた斧(おの)を構え、なんとか初撃を受け止めた。

だが角を生やした魔族――通称鬼族(おにぞく)は、人間よりもはるかに力が強い。

ミコットは吹き飛ばされ、尻もちをついた。

騒ぎを聞いて加勢してきた兵士たちも、次々吹き飛ばされる。

(つ、強い魔族です!?　怖い。でも人が大勢……ミコット、頑張らないと！)

ミコットは立ち上がり、果敢に鬼族の男に向かっていった。

その時だった。

鬼族の男の上からドスンという音とともにクマ伯爵が飛び降りてくる。彼は馬乗りになって、短い手で魔族の両手を押さえ込む。鬼族の男が振りほどこうとするが、まったく動かない。

「ミコット、麻酔(ますい)を頼むよ」

「は、はい！」

ミコットは執行官に配られている特別製の麻酔薬を、鬼族の男に打ち込んだ。

鬼族の男は、ぐったりと地面に倒れる。

（流石Ａ級執行官……かっこいいです！　不気味ですけど！）

鬼族の男は他の執行官によって連れていかれた。

かなりの大立ち回りではあったが、こういった事態は日常茶飯事だ。

引き続き、ミコットの検問作業は続く。そんな中——

「ま、魔族狩り執行官です。検問にご協力を」

「もちろんです」

「……あれ？」

ミコットは固まった。

馬車から顔を覗かせたのが、ローデシナで出会った大恩ある人物だったからだ。

彼のおかげで正式な執行官になれたと言っても過言ではない——と彼女は思っている。

まったくもってミコットの勘違いなのだが。

ともあれ、彼女はぱあっと顔をほころばせた。

「ドーマさん！　久しぶりです！　うう、会えて嬉しいですう！」

「ミコット、久しぶりですね。まさかこんな場所で出会うとは」

魔術師ドーマ。凄腕の王宮魔術師であり実は元首席魔術師の男が、そこにはいた。

これはミコットが王都で独自に調べて知ったことだが、ドーマの民衆からの認知度は決して高くない。現首席魔術師である『快星』オーウェンの方が民衆には人気だ。

しかし、かの有名な冒険者パーティの黒狼の戯れや、一部の実力者は彼を絶賛していた。

(つまり、知る人ぞ知る人物なのです！　まあミコットはその凄さを誰よりも知っていますが！)

ミコットはそんなふうに、少し優越感に浸っていた。

そこへ、クマ伯爵がのしのしとやってきた。

「ミコット、どうかしましたか——と、これはこれは、ソルヴィ様ではございませんか」

「よう。腕を上げたね、クマ伯爵」

「滅相もない、ソルヴィ様。帝国皇女殿下、それにラウラ嬢にドーマ君まで、おやおや、豪華な馬車だなあ」

クマ伯爵は感嘆する。クマ伯爵とドーマは面識がない。だが、クマ伯爵の情報網は広かった。そしてその目で見て、クマ伯爵はドーマの評価をまた一段上げた。

(おやおや、素晴らしく洗練された魔力……良い子ですね)

クマ伯爵の目がほころぶ。クマ伯爵は世話焼きである。ミコットの心情を察すると、気を利かせて微笑んで言う。

「ではミコット、あとは頼みましたよ」

「え!?　は、はい！」

帝国皇女、そして武神までもが乗る豪華な馬車を緊張しながら検問している最中、ミコットとドーマの目が合う。ミコットの心臓が跳ねる。

ドーマはふと聞く。

「それにしても、少し雰囲気が変わりましたか？」

「……えへへ、ミコットは今、大人版なんです」

「大人……？」

以前は髪をただ伸ばしていただけだが、今は三つ編みにしている。それによって大人っぽくなった……とミコットは思い込んでいた。

三つ編みのポニーテールを見せびらかすと、ドーマは一瞬固まって、頷いた。

「大人……ですね」

「でしょう？　そうだ。今日の夜にでもご飯に行きませんか？　積もる話も――」

「……今日は少し予定がありまして。明日にしましょう」

「えへ、待ってますからね」

話が纏まったタイミングで、ソルヴィがごほんと咳払いをする。

「……もういいかな？」

「し、失礼しましたっ。問題ございません」

ドーマを乗せた馬車はガラガラと王都へ入っていく。

それを見て、ミコットは小さく拳を握った。

（ミコットももう大人。ドーマさんにも大人のレディらしさを見せつけてやりましょう！）

何故かミコットは燃えていた。

☆

検問が終わり、俺、ドーマはみんなと王都へと入った。

王都内でも色々と手続きがあり、その待ち時間を使ってサーシャが周囲を散策したいと言い出した。

皇女の自覚はあるのだろうか……とは思うが、公務は今日もぎっしりあるらしいので、今ぐらいは付き合おう。準備をしていると、質素な貴族令嬢風の服に着替えたサーシャが肩をつついてくる。

「どうかしら？」

くるるーんとその場で回ると、地味ながら所々に赤い装飾が施されたドレスがふわっと広がる。

「似合ってるんじゃないか」

「先生の服も用意してあげたわよ」

俺まで何故か小貴族風の服に着替えさせられた。

鏡を見る。うおっ、なんだこの美形は！　とはもちろんならない。

「いいじゃない、かっこいいわ」

目の曇ったサーシャは俺の腕に抱き着き、そのまますするっと自身の腕を絡ませる。

「買いたいものがあるの。案内して？」

仕方がない。引きこもり魔術師の地力を見せてやるか！　と思ったが、人混みでそれどころではない。それに、何やら王都は警戒態勢だ。

「あちこちに軍兵がいるわね」

「物々しい空気だな」

ウロウロと周囲を歩き回る、王国軍兵たち。

王国には三つの戦力がある。王家の王宮騎士に王宮魔術師、教皇――もとい大司教に直属する魔族狩り執行官、そして貴族評議会に直属する王国軍である。

この三つの戦力は互いが互いを監視し、暴走しないよう三権分立構造になっているのだ。

閑話休題。そんなことより買い物だ。

「何を買うんだ？」

「手土産よ。ほら、先生に妹がいるって言ってたでしょ？　どうせなら挨拶しないとね」

「サーシャは別に面識ないだろ？」

「だって……ほら……将来の……」

「将来の？」

「うるさい！」

足を踏まれた。理不尽。だが理不尽には慣れっこだ。それは今とて同じ。

突風が吹き、口を開いた俺の顔に何かがバサッと張り付いたのだ。何かの布だろう。

「なんだこれ？」

手に取って眺めると、白いもさもさした布であるとわかる。

何かに似ているな……なんだっけな？

「キャー！　下着泥棒(したぎどろぼう)よ‼」

どこかでそんな声がした。そうだ。これは女性の下着に似ている……ってあれ？

「……何じっと見ているのよ」

サーシャが苦虫を噛み潰したような表情を浮かべて、こちらを見ている。

これが下着だとすると、下着泥棒って……今の状況を把握しかけたその時だった。

「乙女の大敵……」

突然視界が揺れる。いや、足を払われたのだ。ガクンと体勢を崩した俺は、慌てた表情のサーシャを横目に地面に叩きつけられ、首元に鋭い剣を突きつけられる。

これは……王国軍の紋章？

「観念してよ、変態泥棒め」

俺の体を足で踏みつけ、頭上に立つ軍兵。真っ黒な軍服に身を包み、肩には勲章(くんしょう)がついている。

黒のスカートから伸びる、これまた黒いタイツに包まれたスラっとした足が俺を押さえつける。

その力は強く、びくともしない。

軍兵と目が合った。

「……あ、あれ？　兄さん？」

「……ルエナじゃないか！」

俺と同じ灰色の髪に、くりくりとした瞳。久しぶりに再会した妹は軽蔑の目線でこちらを見下ろしていたが、すぐさまいつもの優しい表情を浮かべると——

「に、兄さあああああああん」

「ぐへっ」

ルエナは、俺の胸目掛けて飛び込んできた。

全体重がのしかかり、首が絞まる。

ピピ。兄レーダーが発動。前回出会った時から筋力が二十一％も上昇している。驚きの成長だ。妹は兵士として上手くやっているらしい。

そんなふうに分析していると、ふと妹は俺から離れ、言う。

「……兄さん、でも、下着を盗んじゃダメだよ……」

「誤解だよ」

とりあえず立ち上がると、そこにはルエナともう一人、上官らしき人物が立っている。

正しく軍服を着こなし、金色の髪をポニーテールに括っているその姿は、圧倒的シゴデキ美人だ。

サーシャを月の美しさとすれば、彼女は太陽の美しさと言うべきだろう。

彼女はさらさらと何かを記述していく。

「ふむ……下着泥棒を現行犯逮捕……ついでにわいせつ行為と……」

「なんでだよ！」

かくかくしかじかと話したが、誤解は解けなかったので仕方なくサーシャの権力をお借りした。

俺の信頼って……？

ちなみにサーシャは「せ、先生の妹……か、可愛っっっっっ」と謎の呻き声を上げながら、地面に溶けていた。うん、きっと大丈夫だな。

少しして落ち着いたサーシャにも事情を説明してもらうと、ルエナは笑みを浮かべる。

「こ、皇女様がそう言うなら、兄さんは無罪かもしれないねっ！」

「かもじゃなくて無罪なんだよ」

するると突然、ルエナは冷たい目でこちらを見ると、声を低めて尋問してくる。

「ふーん……ね、ところで兄さんと皇女様って…………どんな関係？」

「どんなって……」

「何を隠そう、私の師匠なのよ！」

「ふーーーーーーーん。そうなんだ？　師匠ってあんまり、兄さんに似合わないね」

ルエナは俺に突き刺すような目線を送ってきた。きっと心配してくれているんだろう。

満面の笑みで返しておく。

「しかしルエナも凄いな。なんだよさっきの攻撃。兄さん手も足も出なかったぞ、ははは」

「兄さんが弱いだけだもん！」

「ひ、ひどい。でもよく頑張ってるな」

妹の頭を撫でる。懐かしい。昔もよくこうやって撫でたものだ。うんうん、相変わらずルエナは天使だな。少々、暴力的になってはいるが、些細な問題である。

「えへへへへ、兄さん、ルエナ以外にはやっちゃダメだよ？　気持ち悪いからねっ！」

「えっ？」

キモいの？　俺は石のように固まった。

サーシャはともかく、ラウラは毎日のように撫でているが（だって撫でたくなる高さなのだ）、陰でキモっと思われているのだろうか……泣けてきた。

そんなタイミングで、ルエナの上官はニコリと俺に手を差し出してくる。

「すまない申し遅れたな。私はルエナの上官を務める、アルカイナだ」

「あ、あのアルカイナ!?」

千人斬りのアルカイナ——暴徒と化したテロ集団を単騎で皆殺しにしたらしい、ヤベー奴である。

そんな奴がルエナの上官なのか……そんな話あるかいな……げふんげふん。

「どうも。妹がお世話になっております」

「こちらこそ妹君には随分と助けられている。さぞかしその兄上も優秀なのだろうと思っていたところだ」

どうやらアルカイナは常識人のようだった。

ローデシナに引っ越してきてほしい。常識人枠として。

ひとしきり話が終わると、アルカイナは懐中時計を取り出し、ちらりと見た。

「さて、行くぞルエナ。まだ任務が残っている」

「え～。やだよ。アルちゃんだけ行けば？」

「……」

アルカイナは静かに青筋を立てた。普通に怖い。

こんな上官にあんな舐めたことを言えるなんて、我が妹ながら凄まじい胆力である。

「ル、ルエナ、ちゃんと上官の言うことには従うんだぞ？」

そう宥めると、ルエナは妹らしく、兄である俺にぼふっともたれかかる。

やれやれ、いつまで経っても妹ってことだな。

なんて甘い考えは、体が徐々に締め付けられていったことで否定された。

ルエナの黒い瞳と目が合う。黒く渦巻く瞳だ。これが……堕天？

「……兄さんはルエナのこと好き？　嫌い？」

「――っ！　これは！」

突然、妹の魔力が膨張する。途端に場の空気が重くなり、息が苦しい。

「ま、まずい。『死生二択術』だ。この魔力……危険だぞ」

説明しよう。ルエナのこの技は、二択の問題を出すことで発動される。

答えを間違えると、地面を転がって泣きわめくので、宥めるのに死ぬほど手がかかるのだ。

そして答えは単純ではない。結構盛らないと拗ねてしまうので、これまた神経を使うのだ。

「……死ぬほど好きだぞ」

「んふ、ふふふ、兄さんって本当にルエナのこと好きなんだね！」

そうしてご機嫌になったルエナは、自ら任務へ旅立っていった。『今夜は兄さんの宿に泊まるから』と強引に約束して。圧倒的わがまま妹ぶりに、サーシャが呆然としている。

「凄い……先生と瓜二つね」

「そっち？　……可愛いだろ？」

「ルエナは可愛いわね」

なんだよ！　俺も可愛いだろ！　……え？

☆

「道を尋ねたいのだが」

街のはずれを歩いていた商人の男。

彼の前に立つのは、二人組の王国軍兵だった。声をかけた方は高貴な風格を感じさせる金髪の女兵士、もう片方は彼女について回る、幼く気弱そうな灰髪の少女だ。

滅多に遭遇しない上玉二人に、商人の男は思わず視線を左右に揺らす。

その隙に、灰髪の兵士は商人からあるものを奪い取った。

「ア、アルちゃん！　やっぱりこの人が泥棒だよっ」

「な!?　あ、そ、それは俺の！　いや拾ったパンツ！　返しやがれ！」

「う、うえええ気持ち悪いよお」

ルエナは商人の男の手をひょいひょいと躱しながら、今にも泣きそうだ。

「やはり、貴様が例の下着泥棒だったか」

アルカイナがそう語りかけると、商人の男は一変、開き直る。

「そうだ。それの何が悪い！　女二人で俺を倒せるとでも？　俺はかの十二使徒ティアー様から力を分け与えられた、選ばれし男！」

華奢だった男の体は突然膨らみ、見るからに屈強な大男へと変貌する。

（女の一般兵など弄んでやるわ！　ベロベロベロ）

大男は舌舐めずりし、アルカイナとルエナを見下ろした。

「……あれ？」

男はきょとんとした顔になる。この姿を見せれば、二人とも恐怖で立ちすくむと思っていたのだ。

しかし、二人ともが下衆を見るような目を男に向けている。

なんならアルカイナはすでに抜刀し、冷めたため息を漏らしていた。

「辞世の句は詠み終わったか？」

その途端、大男の脳裏にとある名前が思い浮かんだ。

千人斬りのアルカイナ。性犯罪者やギャングを千人斬り刻んだという王国の兵士だ。

（ま、まさか――）

大男は慌ててパンチを繰り出すが、アルカイナはそれを避けることなく、反対に腕を格子状に斬り刻んだ。

肉が弾けたことで思わずよろけた大男の首元に、いつの間にか大鎌が添えられる。

金属の冷たさが、男の背筋を凍らせる。

一年後、王国の地下で労働していた彼は、その時の感覚をこう語る。

『生きた心地がしませんでした。あれはまさしく死神ですよ』

大男は滝のような汗と涙を流し、膝をがくがくさせながら小さな声で聞く。

「あ、あの……今からでも自首って、できますか？」

☆

王都中心街にあるそこそこのランクの宿。その一室を意気揚々と訪れたルエナはドアをノックしようとしたが——中から声が聞こえたために、思わず手を止めた。

「あっ、上手いわ先生……そこ……そこに挿(い)れて……」

「慌てるなよ、サーシャ。もうすぐだから……」

「え？　何？　兄さんたち何をやってるの？」

ルエナは顔を真っ赤にする。

「ふ、不埒(ふらち)なのはダメッ！」

そう口にしつつ、ルエナは勢い良くドアを開け、中に入った。

そこには——カチャカチャと金属の棒に熱中する二人の姿があった。

「え？　ルエナ？」

「……何してるの？」

「これ？　露店で買った『知恵(ちえ)の輪(わ)』っていうおもちゃだけど」

パァン！　ルエナは兄の頭を叩(はた)いた。

「なんで!?」

「紛らわしいんだもん！」

「何が？」

部屋はこぢんまりした一般的な宿だ。ベッドが一つに椅子と机も一組のみ。

（こんな空間で美人さんと二人きり……もうっ、兄さんのたらしっ！）

ルエナは兄の足を踏む。

しかしドーマは気にせず、ルエナにふかふかのクッションと甘いホットチョコを手渡す。

ルエナの顔が少しほころんだ。

彼女は、兄のこういうところが好きだった。鈍感だが他人には人一倍優しいところが。

そう思いながら、ぽすんと椅子に座る。するとサーシャと目が合った。

（あっ……あう、とっても美人な人だよっ……）

ルエナは真っ赤になって硬直する――が、サーシャもまた同じである。

突然現れた天使を前に、固まってしまった。

「あ……ぅ……」

「…………」

「いやお見合い!?」

ルエナはだらだらと汗をかく。

彼女は人見知りだった。仕事中は凛とした振る舞いができるが、プライベートかつ美人を前にしたらめっぽう弱いのである。アルカイナとも、最初は目も合わせられなかったくらいだ。

ルエナは思わず目線を下に落とした。

そうこうしていると、廊下からパタパタと軽やかな足音がして、ドアが開いた。

入ってきたのは、綺麗な桜色の髪をなびかせる少女――ラウラだ。

（まるで雪のように溶けてしまいそうな人……）

ルエナはそんな感想を抱いた。

ラウラは慈しみすら感じる表情で、お腹をさすりながらもじもじと言った。

「ドーマ、できた」

「…………何が？」

「どういうこと？　兄さん？　説明してくれるよね？　ね？」

「いやいや、ご飯だよな！　ご飯の話だよな？　ラウラさん⁉」

「ごはんとおふろができた」

「ややこしいのよ！」

サーシャの悲鳴を聞きながらも、ルエナは安堵する。しかしその内心は兄の周りが女性ばかりなことに対して、ささくれ立っていた。

そんなルエナを、ラウラはジーっと見つめる。至近距離で。まるで蛇に睨まれた蛙のようにルエナは動けない。

（あ、あう、この子も美人さんだよううう！）

☆

夕食を通して、ルエナも少しはみんなと打ち解けたようだった。

とはいっても、みんなが一挙手一投足に注目するもんだから、ルエナは顔を真っ赤にして照れていて、食事には難儀していたが。

ルエナを部屋に案内し、ようやく二人になると、彼女は安堵したように息を吐いた。

改めて見ると、しばらく会わないうちに少し背が伸び、大人っぽくなっている。だが、あどけない雰囲気は昔のままだ。

「み、みんないい人だねっ。ちょっと疲れちゃったけど」

「じきに慣れるさ。それに、ローデシナは良いところだぞ」

「そうだねっ。ルエナも兄さんと一緒に住みたいなあ……」

「一緒に住めばいいんじゃないか？」

俺は何も考えずにそう告げた。それが間違いだった。

「え？」という困惑したようなルエナの声のあと、ズウンと重たい魔力がのしかかってくる。

何か返答を間違えたらしい。ま、まずい、誤魔化(ごまか)さないと！

「な、なんちゃって。さあ、兄さんは風呂でも入ろうかな〜」

「……うん」

危ない危ない。慌てて風呂場に避難し、上着を脱ぐと、背後からパサッと衣擦れの音が聞こえた。

ふと見ると、何故か上半身裸のルエナが立っている。

「ル、ルエナ？　なんでついてきて……いや、それよりなんで脱いでるんだ？」

「一緒に入らないの？」

「ダメに決まってるだろ⁉」

「昔は一緒だったもんっ！」

ルエナが上目遣いで、窺うようにこちらを見つめてくる。その瞳はあまりに輝いていて、心が痛む。

ぐっ……だが兄妹でもこの年齢で一緒に風呂に入るのは、色々と危うい気がする。

「ルエナはもう大人の女性なんだから、一人で入りなさい！」

「……ちぇっ」

急にルエナの目の彩度が低くなった。

ルエナは苛立ちを露わにしながら腕を組み、見透かすような視線を向けてくる。

「ねえ、兄さん。兄さんの周りって……女の人が多いよね。どうして？」

「ぐ、偶然だよ。それに男の知り合いもたくさんいるぞ。クラウスとか」

「ふうん」

こ、怖い。何故か目の前に大鎌を持った死神みたいな幻影まで見えてきた。返答を間違えれば即、首を斬られそうな威圧感。俺は人生の岐路(きろ)に立たされているッ！

「兄さんの一番はルエナだよね……？　そうだよね？」

「当たり前だ。妹が一番じゃない兄なんて、どこにいるんだ？」

「んへへ、そ、そうだよねっ」

ルエナの顔が元に戻った。

良かった。どうやら正解を選べたようだ。

その晩は、ラウラとサーシャとルエナと俺の四人で、遅くまで遊んだりお喋りしたりして親睦(しんぼく)を深めた。

その結果、ルエナは早速ラウラとサーシャ、二人と仲良くなったようである。

時折不穏な空気になることもあったが、特にラウラのいい感じの空気の読めなさに、ルエナはむしろ惹かれたようだ。一緒に過ごすうちに、もっと仲良くなるだろう。

「ラウちゃんにサーちゃん、また遊ぼうねっ」

……すでに思ったより仲良くなっていた。俺を抜いて三人で遊びそうな雰囲気すらある。

深夜なのでルエナを宿舎まで送り届ける。

道中、ルエナはふと俺の顔を見上げて聞いてきた。

「ねえ、兄さん、昔の約束、覚えてるよね？」

「当たり前だろ。『二人で生きていこう』って奴だよな？　ちゃんと覚えてるよ」

母さんが死に、師匠に二人一緒に引き取られた日。俺とルエナは誓ったのだ。

それを忘れるだなんて、有り得ない。幼少期の記憶の中で、もっとも大切にしているからな。

ルエナは笑顔で前を向いた。

その姿は、あの時と何も変わらず、あどけなく見えた。

5

翌日。

サーシャたちとは一旦別行動をとることになった。皇女として早速色々と面会やら仕事やらがあるらしいが、俺がついて回る意味もないしな。その間、俺はエリナーゼの謎を解くことにしよう。

現時点でわかっている情報は次の通りだ。

・エリナーゼは二百年前の魔女で、王都の障壁に関わっている。

・エリナーゼの因子を、俺とニコラが持っていた。
・サン・スカラ大聖堂と、王城に手がかりがあるかもしれない。

こんなところか。王城は警備が厳しいので、潜入するのは式典を待った方がいいだろう。

そういうわけで、まずは大聖堂に向かってみることにした。

「兄さん、どこ行くの？」

「う、うわあ！　ルエナ？　なんでここにいるんだ」

「兄さんが行く場所はどこでも、ルエナが行く場所なんだよ？」

何故かルエナが俺の背後にぴったりついてきていた。

変な独り言とか言っていなかったよな？

「それが、かくかくしかじかでな」

「かくかくしかじか？」

「お約束が通じていない……!?」

おふざけはさておき。ローデシナで得た情報を話す。

「ふうん。ルエナも兄さんとお揃いの印、欲しかったなあ」

そういうことではないんだが、可愛いので良しとしよう。

そんなこんなで、ルエナと一緒にサン・スカラ大聖堂へ向かう。

大聖堂は王都の中心街に位置する、一際大きな建物だ。ちなみに名前は、国教であるナドア教における守護聖人、聖スカラから取っている。

普段は多くの人がいる印象があったが、今はひっそりと静まり返っていた。

曇天の下に煌びやかな聖堂がそびえたっていると、かえって不気味に見える。

中へ入ると、そこには人っ子一人いなかった。歩くと伽藍堂の内部にコツコツと足音が響く。

聖堂の奥には巨大な十字架が飾られており、その前に一人の修道女の背中があった。黒の頭巾に黒く丈の長い修道着、黒のタイツ、黒の手袋。そんな黒一色のコーディネートで全身を覆っているようだ。唯一、地面まで垂れるようなブロンズの長い髪だけが光り輝いて見える。

本物だ。そう感じる何かがある。

修道女は、振り向くなり微笑みを浮かべた。

「こんにちは。あなたがドーマ様ですね」

ギョッとして思わずルエナと目を見合わせる。流石は俺の妹だけあって、ルエナはまったく動じていな――いや『また女性の知り合い？』というジトっとした目線が俺に突き刺さる。

今度こそ誤解だ。

「……えっと、お会いしたこと、ありましたっけ？」

「次にやってくる青年がドーマ様だと、主が私めにおっしゃったのです」

「へ、へぇ～」

予知能力ってこと？

若干引いていると、ルエナが俺の裾（すそ）をクイクイと引っ張る。

「聖女様じゃない？」

「せいじょさま？」

「もう、なんで知らないのっ！　兄さんの馬鹿！」

ルエナによると、『サン・スカラ大聖堂には聖女がいる』という話があって、それは常識らしい。

聖女の名はイリヤ。神の言葉を聞き、数々の奇跡を起こすらしい。

髪と同じく黄金色（こがねいろ）の曇りなき瞳が、俺を捉える。

童顔だが、謎の凄みがある。側にある燭台（しょくだい）がカタカタ揺れている。

いや、もはや凄みという次元ではなくないか？

「エリナーゼについて尋ねに来たのですね」

「……何故それを？」

「ふふふ、心が通じることもありましょう」

なんだか怖いよ、この人！

だが詐欺師（さぎし）や偽物だと、彼女を疑うような気持ちは不思議と湧いてこない。

聖女はゆったりとした口調で言う。

「私たちは心の底で繋がっている――ドーマ様にもわかるはずです」

その瞬間、周りが真っ白になった。そして突然次々と誰かの記憶が頭に飛び込んでくる。

これはきっと――聖女の記憶だ。生まれてから聖女に選ばれ、聖務を行い、人を救い、そして大聖堂で俺たちと会うまでの記憶。

はっと我に返ると、聖女はいつの間にか右手を俺の胸に添えていた。聖女の首元でアザが光っているのが見える。

彼女もエリナーゼの因子を所持していると直感でわかった。そして記憶を元に判断するなら、聖女の正体は……

立てた人差し指を、唇に当てられる。どうやら秘密だということらしい。

「な、何⁉　何してるの⁉　ず、ずるいっ！」

ルエナが憤慨した。

聖女はニコリと笑うと、距離を取る。

「お兄様を取るつもりはありませんよ。ふふふ、少しお喋りをしていただけです」

「兄さん！　あの人、危険だよっ。近付かないで」

ルエナは大きく手を広げて、俺の前に出る。

聖女はそれを意にも介さず微笑み、話を続ける。

「そういえばドーマ様。この大聖堂の名前の由来となった人物は、ご存知でしょうか？」

「サン・スカラ……聖スカラ。王国建国の英雄ですよね？」

聖エルシャと聖スカラ。王国の二大英雄と呼ばれる二人だ。

確か二百年前の建国の逸話は、纏めるとこんな感じだった。

昔、この地は凶悪な魔族に支配されていた。人族は魔族によって奴隷のように働かされ、家畜のように扱われ――飢えや疲労で絶望していた。

そんな時、二人の英雄が立ち上がる。現王族の祖先、英雄・エルシャと、聖人・スカラである。

憎悪と苦しみの王・魔族ガルダンとの激しい戦闘の末、スカラはエルシャを守り、死んでしまう。

その後エルシャは見事魔族を打ち倒し、王国を作り上げた。エルシャは自らを守り死んでいったスカラを悼み、涙を流しながらサン・スカラ大聖堂を建立したのだ。

そこまで振り返ると、聖女が言う。

「そうです。そして聖スカラ様とは、エリナーゼのことです」

「な、なんだって？」

聖女は淡々と告げる。

「スカラは学者を意味する言葉。魔術師が一般的ではなかった時代、エリナーゼ様は自らを学者と名乗ったようです」

「そうだったのか……」

そこが繋がるとは思わなかった。

エリナーゼの魔術は確かに凄まじい。ウチの家に残る遺産もそうだが、障壁を作ったのが彼女だとしたら、合点がいく。なんせ英雄スカラは魔族の軍勢をたった一人で撃退し、その戦闘によって大地が窪み、王都の湖ができたと言われているのだ。しかし、それほど凄い人物の遺産が何故ローデシナに？　もっと言えば、そもそもそれほどの人物がそう簡単に死ぬとも思えない……

聖女は再度口を開く。

「彼女は人族と魔族の調和を願っていました」

すると、地面が揺れた。いや、そう感じるほどの質量の魔力が聖女から放たれたのだ。ルエナは思わず剣に手をかけている。だが、魔力に殺気は込められていない。

「しかし、エルシャは何においても王になりたかった。国をまとめるためには、多くのエネルギー、そして共通の敵が必要でした。だからエルシャは魔族を敵と見なし、エリナーゼを……裏切ったのです」

それは、悲しみの声だった。エリナーゼは何故死んだのか。圧倒的な力と技術を持ち合わせていた彼女が正面から殺されたとは考え難い。

「死の淵でエリナーゼは嘆き、悲しみました。そして、王国に排除され、今後もひどい扱いを受けるだろう魔族のために、彼女の力を後世に残すことにしたのです。それが『エリナーゼの因子』です。彼女は意志を因子という力へと変えて、魔族と精霊のみに託しました」

「魔族と精霊のみ……」

「はい。そして因子は親から子へと血縁によって継承されるのです」

俺は思わず声を上げる。

「ま、待ってください！　ってことは俺たちと、母さんも魔族ってことになりませんか？」

「その通りです。ドーマ様の因子も、お母様の死によって受け継がれたのでしょう」

俺が聖女の記憶を見たのと同じように、彼女も俺の記憶を見たのだろう。

「因子は魔族の希望――つまり、人族にとって大いなる脅威になります。だから因子を持った者を炙り出すために、執行官はおよそ二百年間、魔族を捕らえ続けてきたわけです」

因子は争いに興味のない精霊を除けば、魔族にしか発現しない。それを炙り出すための執行官だったのか。思わず喉（のど）が鳴る。

自分が魔族だなんて思いもしなかった。

だが、ショックはない。人族と魔族になんの違いかあるのか、わからないからな。

エリナーゼもそう思っていたのだろう。

「『光を通じて』因子は現れる。私の使命は因子を通じて、聖スカラ様の意志を実現すること。その上であなたにお伝えしておきましょう。エルシャは――王国は、何かを秘匿（ひとく）しています」

俺は、今一度ここに来た理由と向き合うことになった。

王都の障壁の正体はなんなのだろうか。

エリナーゼは殺された。その際に人族とは決別しているはずだ。

ならば王都の障壁は誰が創ったんだ？

だが、その答えは聖女も知らないようだった。

首を横に振ってから、彼女は言う。

「王国の中には何か、良からぬ闇が潜んでいます。ドーマ様、どうか協力してくださいませんか。私たちで闇を払い、光を照らすのです」


「はあ、まさか俺たちが魔族だったとはな……」

「ルエナは兄さんと一緒なら悪魔でもいいよ？」
ル、ルエナ……！　でも、悪魔はいやだなあ。
まあ魔族とは言っても、ミコットたちに気付かれなかったということは血が薄いのだろう。

俺やルエナに危険が及ばなければ、なんでもいいさ。

それよりも重要なのは因子の方だ。あのあと詳しく聖女に聞いたところによると、因子は七つあり、それぞれが継承され続けているらしい。

因子には役割によって名前がつけられており、俺の因子は『生命の因子』、ニコラのは『力の因子』、聖女は『聴聞(ちょうもん)の因子』だという。あまり実感はないけどな。

聖女はともかく、俺とニコラの因子がどのような力を持つのか、よくわからないし。

ともあれ、一応は聖女に協力することになったが、少し気が重い。

「……気分転換でもするか」

「あっちに広場があるみたいだよっ！　ほら、デートしている人でいっぱい！」

「……」

全然気分転換にならないんだが……

ルエナが指した先にあるのは『青の広場』。

中心に噴水があり、周囲にベンチが並べられた、典型的なカップルのデートスポットだった。

ルエナと二人で噴水を眺める。少しして、噴水の側を通りかかった女性が見事な魔術時計を着けているのに気付き、思わず見惚れる。

美しい魔法陣だ……なんて思っていたら、俺の腕が凄まじい力で締め上げられ始める。

「ねえ、今、女の人に目移りしたよねっ？　ルエナがいるのに、ダメだよ兄さん」

「誤解だっ！　本当の誤解！」

なんとか言葉を尽くして、振りほどく。

座っている状態で拘束されたら、為す術がない（立っていたところでって話ではあるが）ので、一旦立ち上がり、もう一度噴水に視線を遣る。

すると、噴水の中に奇妙な魔法陣を見つけた。なかなか複雑な構造だな。

好奇心が刺激されたので噴水の中に手を突っ込んで魔法陣に魔力を注いでみると、ゴゴゴゴという音がして、噴水の水量が途端に増す。

まずい！

土魔術で強引にせき止めると、今度は地面が振動する。

「お前！　何をしている！」

周りのカップルは、気付けば姿を消していた。代わりに大勢の兵士が俺たちを囲んでいる。

「ま、まだギリギリ何もしてないです！」

「嘘つけ！　逮捕す――」

その時、最悪の事態が起こった。

土魔術は無から土を錬成する魔術ではない。基本的に地面の土を利用し変化させて使うものだ。

まあつまり、地面が脆（もろ）かったり地下に何かあったりする時に使っていい魔術じゃないんだよね。

ゴゴゴゴゴゴという音とともに、地面が割れた。広場の地面が、丸ごと崩れる。

「に、兄さん！　何したのっ？」

「ヘマだよ」

俺は仏のような笑みを浮かべて、そう言った。

☆

青の広場。ここで十二使徒によって取引が行われるという情報を仕入れ、駆けつけたある男は、
異変がないか、周囲を見回していた。

ドレッドヘアーを後ろでくくっている、入れ墨の入った険しい人相の男——マオウ。王宮魔術師の中でも上位の実力者である。その隣には王国軍隊長・千人斬りのアルカイナもいる。

そして周囲は、兵士による偽装カップルによって埋め尽くされていた。

完全なる包囲網が出来上がっているのである。

「十二使徒第九席のバルタ……戦闘能力が低いと聞いたが、ここまで兵士を割く意味はあるのか？」

マオウは広場を見下ろしながら、一言漏らした。

アルカイナは首を縦に振る。

「バルタの元には二人の猛者がいるという。一人は元王国軍の隊長【血染めのヴェリー】、もう一人は凄腕の魔術師【螺旋風のジャン】だ。名前ぐらいは知っているだろう？」

「……たった二人で砦を落としたという奴らか！」

王国軍を震撼させた『ハッポー砦事件』。その噂は地方にいたマオウの耳にも届いていた。

何せその事件において、救援に駆け付けた王宮騎士が退けられているのだ。

先に挙げられた二人の実力は、兵士千人分に値する。

「なるほど、腕が鳴るな……」

マオウは愛用の魔銃を丁寧に撫でながらにやりと笑う。

その姿はさながら闇組織の若旦那のようである。

しかしここで取引が行われるという情報こそあるものの、肝心の取引方法まではわからない。取引をするための施設が青の広場周辺にあるらしいとも聞かされていたが、それらしい建物もない。

二人は、後者の情報は誤っていたのではないかと考え始める。

「マオウ殿の見解を聞かせてもらいたい。十二使徒はどこから現れるだろうか」

アルカイナの質問に、マオウは首を横に振った。

「さあな。だが、この広場だけでなく、周囲にも兵士が張っている。何か異変があればすぐさま情報が入ってくるだろう」

王国の精鋭、二人は頷く。しかし、取引の時間になっても、なんの報せも入らない。

広場にいる通行人も数人といったところで、現在は庶民の男女二人組が噴水を眺めているだけだ。

（勘づかれたか？）

アルカイナは作戦中止の判断を下そうとする。だが突然、噴水を眺めていた男が水の中に手を突っ込み出した。

「かかった！　兵士はあの男を確保しろ！」

兵士がアルカイナの命令に従って男女二人を取り囲む。

その瞬間、妙な地鳴りが広場に響く。

そしてアルカイナは、男女の正体に気が付いた。

（あれはルエナ!?　確か兄と出かけると言っていたはず）

王宮魔術師マオウも、男の正体に気が付いた。

（あれはドーマ!?　元首席が何をしている？）

ドーマとマオウは顔馴染みだった。数年前、最年少で王宮魔術師として入団してきたドーマを、マオウは最初、眼中に入れていなかった。当時マオウは次期首席魔術師候補としてもてはやされていたのだ。しかし、マオウはドーマの魔術を一目見た瞬間からスランプに陥った。それからマオウは地方で修業し、この数か月で王都に舞い戻ってきたのだが——今度はドーマが左遷されていたのだ。

（俺を失望させないでくれよ、ドーマ）

マオウは状況を静観する。

そんな中、突如地面が割れ、ぽっかりと巨大な穴が開いた。

マオウが駆け寄って穴の中を覗き込むと、巨大な施設が見える。

「施設は地下にあったのか！」

マオウは度肝を抜かれた。地下で取引をするなどと、考えすらしなかったのだ。

にもかかわらずドーマがそれを見抜いていたことに驚嘆するとともに、納得もする。

（何故情報を知っているのかは不明だが、奴なら何をしたとて不思議じゃない。ドーマは上から十二使徒を攻めたのだ。ククク、流石だな）

もっともドーマからしてみれば、ただの偶然なわけだが。

そうとは気付かず、マオウは気分が高揚していくのを感じていた。

☆

広場の底がすっぽ抜け、人や噴水や土塊や地面の上のあらゆるものが下へと落下していく。

下では奇抜な格好の変な男が、ぽかんとした表情でこちらを見上げている。

「逃げてえええええええ！」

俺、ドーマは思わずそう叫んだ。

男が死んでしまったら、俺の責任になっちゃうから！

そんな俺の自分勝手な願いも虚しく、男は土砂に巻き込まれてしまった。

まあ……やっちまったものはしょうがない。

俺は気持ちを切り替え、落ちてきた人々を魔術で救出して、そこらに転がしておく。

驚きのあまり、気絶したまま土砂に埋まっていたのだ。

それが終わって改めて周囲を見回す。

どうやら研究施設のような建物の上に落ちてきてしまったようだ。

ついでにその施設は、土砂のせいで半壊してしまっている。

「なんだここは」

「見るからに怪しい組織だねっ」

ルエナも周囲を見渡して、そう言う。

よくわからないが、潰れても良い施設だと嬉しいな。

「クソッ！　国軍の連中だ！」

「お前ら、やっちまえ！」

そんな声とともに続々と剣士たちが施設から出てくる。そのうちの一人が俺に斬りかかってきた。

「死ねえ！」

ガキィンという金属音がして、ぽっきり折れた片手剣が吹き飛んでいった。

剣士と目が合う。何もない空間で剣が砕けたことに怯えたような表情を浮かべ、「化け物だああ」と叫びながら逃げていった。なんだったのだ。

「あの二人組だ！　あいつらをひっ捕らえろ！」

次々と剣士たちが向かってくる。俺はルエナと目くばせした。

仕方ない。付き合ってやるとしよう。どう見ても怪しい施設だし、正当防衛である。

「よいしょー」

適当に風魔術と土魔術をぶっ放す。風で吹き飛ばされた礫岩(れきがん)が剣士たちを襲い「ぐわあ！」「ほげえ！」「馬鹿な！」と叫びながらバタバタ倒れていく。

ルエナもどこからか取り出した大鎌で剣士たちを……あれってルエナだよな。鬼神に見えるんだが……ゴシゴシ。目を擦ると、天使のようなルエナが笑顔で俺の前に立っていた。

剣士たちはいつの間にか全員倒れている。ルエナの可愛さを前に、己の存在を恥じたのだろう。

「よくも部下をやってくれたね……この外道め！」

「我が螺旋風で塵にしてやろう……」

すると、奥から二人組がやってきた。大剣を持った獣人の女と、真っ黒のフードを被った魔術師の男だ。二人の登場で周囲の剣士や王国軍兵たちが騒めいている。有名人なんだろうか。

「アタシは血染めのヴェリー！　地獄でこの名前を何度も思い出すことになるだろうね！」

そう口にしつつ、獣人の女が飛びかかってきた。素早い。だがルエナが大鎌で受け止める。

ああ。俺は感動した。

「ルエナも成長したなぁ～。大鎌って天使にも似合うんだなぁ～」

「に、兄さん、言いすぎだよ～！」

「なんだコイツら、緊張感がなさすぎる……」

ヴェリーは慌てて距離を取った。

「あの人とはルエナが戦うね！」

ぱちりとルエナは俺にウインクして走っていく。俺の妹が可愛すぎる件について。

あまりの可愛さに膝をついていると、突然俺の右腕が弾け飛んでいった。

「貴様の相手はこの螺旋風のジャンが引き受けよう、王宮魔術師ドーマよ」

隣にいつの間にかフードの男が立っていた。剣士たちが興奮して叫んだ。

「で、出た〜〜〜！　ジャン様の必殺『螺旋風』だあああ！」

「風は全てを摩耗させ、魔力をも削り取る。我の螺旋風は、鋼鉄さえ塵にする」

「き、決まったあああ〜〜！」

フロアは大盛り上がりである。ジャンは次々と螺旋風を繰り出してきた。

結界を張る。パリンとガラスのように割れる。もう片腕が抉られる。

「我が風は……何者にも止められぬ」

なるほど、風魔術に特化しているらしい。

ちらりとルエナの方を見ると、血染めのヴェリーを追い詰めていた。

血だらけになったヴェリーは、しかし不敵とも言える笑みを見せる。

「ここからがアタシの本領だぜ！」

「い、虐められるのが好きってこと!?」

「逆さ！　勝利を確信した奴をいたぶるのが好きなんだよ！」

そう吠えると、ヴェリーの目が徐々に赤く染まっていく。

そして次の瞬間——獰猛な獣が獲物に食らいつく時のような勢いで、大剣がルエナを襲った。

ルエナの体が吹っ飛び、瓦礫の中へ突っ込んで土煙が上がる。

ジャンは、クククと笑い声を漏らした。

「ヴェリー……彼女の『獣の咆哮』を受けて生きていた者はゼロ、だ。そして我の螺旋風を破った者もな」

ギュルルルという、風が回転する音が聞こえる。そうと気付いた時には螺旋風が、両腕を失った俺の腹に直撃し、大穴が開く——夢でも見たのだろう。

ジャンは虚空(こくう)に螺旋風を放つと、そのまま地面に崩れ落ちた。

彼が見ていたのは徹頭徹尾(てっとうてつび)、幻覚。

そこから流れるように睡眠魔術をかけて、一名様、夢の世界へご案内だ。

「これが螺旋風か。まあ、普通だなあ」

倒れたジャンの背後で例の魔術を再現してみる。五層程度の単純な魔術だ。こんなのでは大森林の魔物にも勝てないだろう。

「なっ！　ジャンがやられたのかい⁉　よ、よくも！」

今度は血染めのヴェリーが飛びかかってくる。これが、獣の咆哮とやらか。

「死にな！」

大剣が直撃する瞬間に魔法陣を構築する。十六層の結界魔法陣だ。正直これでも十分だが、ついでに衝撃反射の魔法陣を二十二層重ねてみた。名付けるなら、そうだな。

「『魔術反射(リフレクター)』」

「ガハッッッ‼」

大剣ごと弾かれて、ヴェリーは吹き飛んでいった。タイミング調整が難しく、危うく俺にまで反射するところだったが、即興だしこんなものだろう。

「アタシの獣の咆哮を……アンタ……何者だ？」

よろよろとヴェリーが立ち上がった――が、その首に大鎌がひたりと添えられた。

ヴェリーが呆気にとられる。彼女の横には、無傷でピンピンしたルエナが立っていたのだ。

「ねえ、兄さんに話しかけないでくれるかな？」

「あ、悪魔だ……！　う、うわあああああ」

絶叫したあと、ドシャリとヴェリーは倒れた。

ここからだとルエナの表情がよく見えない。だが大鎌に染み付いた血を拭き取りながら、ルエナがニコニコと俺の方にやってくる。こんな天使が悪魔なわけないだろうに。

「凄まじいな」

ルエナの頭を撫でていると、上から一人の強面な男が飛び降りてきて、そう言った。

ドレッドヘアーに深い入れ墨……そして、魔銃を手にした男だ。

ルエナが結婚相手として連れてきたら一番嫌なタイプかも。

結婚したければ……兄を超えてゆけ……

「ここは、十二使徒第九席バルタの麻薬密売組織の中核！　まさかこんな場所にあったとはな。それにあの二人を圧倒するとは……」

「え？」

よくわからないが、なんかそうらしい。

遠くの方では頭が切れそうな男が軍の兵士に捕らえられている。あれがバルタって人？

強面な男は俺の方を向き、興奮したようにずんずんと近付いてきて、肩をがしりと掴んだ。

「流石だ、ドーマ。魔術で敵組織を一網打尽にするとは。まるで鬼神だな。俺はドーマが敵のはずはないと思っていたよ……ん？　いやまさか。全てドーマの計算通りだったのか」

「え？」

何が？

眼の前の男は天啓が降りてきたように目を見開く。怖い。

「情報を流したのも、ドーマだったんだな？　そうに違いない。そしてドーマは敵の幹部を倒し、兵士の消耗を抑制！　思惑通り、俺らは万全の状態で十二使徒の一人を捕まえることができたというわけだ。凄まじい。流石はドーマだ」

「え？」

何言ってるんだコイツは。

強面な男は勝手に納得する。

「全ては計算し尽くされていた、と」

強面な男の後ろでは、アルカイナが頷いていた。

「怪しい行動を起こしたのもバルタに怪しまれないため——そして天井を崩し、奇襲をかけた。敵に逃げる暇を与えず、速攻で片を付ける。流石はルエナの兄君だな」

　よくわからないが凄い勘違いをしてくれているっ！

「……そうだっ！」

　そういうことにしておこう。俺も多分、そういう意図を持っていたのかもしれないし。

　後ろでは、冷めた目でルエナが俺を見つめていた。

　ち、違うんだ。俺は何も言ってないだろ？　勝手に勘違いしてくれただけだ。な？

　そんなことを口に出すほど俺は馬鹿ではない。

　それから少し話して、強面の男は王宮魔術師のマオウといい、俺と面識があるらしいことがわかった。正直覚えていないが。彼は大々的に俺を賞賛して、去っていってしまった。

　そうして、結局誤解は解けることなく、俺は十二使徒捕縛の立役者として脚光を浴びることになってしまったのだった。

6

『S級冒険者「黒狼の戯れ」が語る「大森林の賢者」とは』

『左遷先で事件を次々解決。さらには十二使徒を単独捕縛。王宮は本当に「大森林の賢者」を手放すべきだったのか』

Ａ級魔族狩り執行官のクマ伯爵は、そんな見出しが躍る情報紙を捲り、ニッコリと微笑む。

「おやおや。凄い話題だね」

いつもよりお洒落なミコットが、鏡で入念に装いをチェックしながら頷いた。

「ドーマさんは凄いんですよ！　でもちょっと世間に気付いてほしくなかったような……」

「ふふ、ミコットは正直でいい子だね」

クマ伯爵はのんびりコーヒーを啜りながら、ドタバタと準備をする新人執行官を眺める。

どこから啜っているかは気にしてはならない。

「そのドーマ君と今からデートなんだよね？　実にいいことだね」

「デ、デートじゃないです！　ただご飯食べるだけですぅ！」

「おやおや、そうなのかい」

「ニマニマしないでください！」

「これで美味しいものでも食べるんだよ」

「おじいちゃんですかっ!?」

ニコニコなクマ伯爵からお小遣いを受け取りつつ、ミコットは「本当に違うのに……」と口にする。

その胸の中には少しの罪悪感と、本人すら名前をつけられない苦い感情が滲む。

（大体、ドーマさんにはもうラウラさんとサーシャ様が……）

「……」

（いやいや。ミコットはそういうつもりじゃないです！　願うのは、みんなの幸せなんですから）

ミコットはくるりと回ると、レストランへ向かう。

「賢者の噂、聞いたか？　なんでそんな人物が知られてなかったんだ？」

「そりゃ、能ある鷹は爪を隠すんだよ。自慢げに歩いて何も事件を解決しない王宮騎士様とは大違いだな」

「左遷は間違いだろ。他の奴らは何やってたんだ？　早く王都に戻すべきだ」

王都を歩けば、ざわざわとそんな話が聞こえてくる。事実とかなり異なる話ばかりではあるが、ミコットはむふふんと自分のことのように自慢気になりながら歩いていた。

すると、路地裏から声が聞こえてくる。

「おい、さっさと金を出せよ」

「ひっ、お、お助けを……」

（む……これは見逃せない！）

おめかししているにもかかわらず、ミコットは路地裏へ入る。

するとそこではゴロツキが数人、酔っぱらいを囲んでいた。

「通行料だよ、通行料。なあおっさん、怪我したくないだろ？」

「ひっ……」

「王都に通行料なんてありませんよ」

ズン！　ミコットは仁王立ちでゴロツキの前に立ちはだかった。

気分が高揚していたミコットは、自分の腕がそんなに立たないことをすっかり忘れていたのである。

「あぁん？」

「へへ……いい女じゃねえか。おい」

「へへへ」

薄気味悪い笑みを浮かべ、男たちは目くばせをする。

すると、ぞくぞくと周囲から人が集まってきた。結果、ミコットは十人程度に囲まれてしまった。

そこでミコットは、ようやく事の重大さに気付く。

（う、うぅ。対応を間違えました……）

ミコットが土下座しようか悩んでいると――

「「ブボボボボ」」

無様な声を上げ、ゴロツキは一斉に吹っ飛んでいった。

輪の真ん中にいたミコットはまったくの無事だ。

「ミコット、捜しましたよ」

「ド、ドーマさん」

へらっとした笑顔でドーマがミコットの元に駆け寄る。

腕は細く、頼り甲斐のなさそうな外見の彼が、実は凄まじい魔術師だとミコットは知っている。

ミコットにとって彼は、クビになりかけた自分に、何故か無償で手を貸してくれた変わり者。今だってこうして救ってくれた、素敵な――

「ミコット？」

硬直するミコットに、ドーマは不思議そうに手を差し伸べる。

ミコットは困惑していた。

（あ、あれ？　ドーマさんって、こんなにかっこよかったですっけ!?）

☆

屈強な男たちに囲まれてもなお、堂々と振る舞うミコット。

その姿を見た時は「ミコットも立派になって……」と涙が出そうになったものだが、ぷるぷると土下座の構えを取った辺りで察した。

ま、まるで成長していない……！

「ド、ドーマさん……うぅ」

男たちを優しくタコ殴りにすると、ミコットは子犬のような目でこちらを向いた。

まるで成長していないが、変わらなくとも良い部分だってある。正式な魔族狩り執行官となって『オデ……マゾク……コロス……』って感じの殺戮マシーンにならないかと思っていたが、それは無用な心配だったようだ。

「……あれ？　ドーマさん、身長伸びましたか？」

「いいや？」

背は伸びていないはずだ。というより、魔法陣を体中に刻んでから、俺の身長はあまり伸びなくなったから、かなり前から変わっていないはずだ。

しかしミコットは、はて？　と首を傾げている。

「服装は前のままですね……」

「いつも同じ服ですからね！」

「自慢することではないですが……」

ふむふむと頷き、ミコットは納得したようにポンと手を叩いた。

「顔が変わりましたか？」

「変わってないですけど!?」

なんなんだ？　さっきから失礼な奴だな。

「むむむ、まあいいですぅ。気のせいですかね」

「そうですね？」

よくわからないが、いいだろう。気を取り直して、ミコットがチョイスしてくれた店へ向かう。飯に誘ってくるなんて律儀（りちぎ）な奴だ。俺も手を貸した甲斐があったってもんで……

「ここです！」

ジャーン！　とミコットは目的地を手で示した。

そこは王都の高級街にある、かの有名な高級レストランだった。

「これは予想外だ」

よくよく見れば、ミコットは上質な生地で仕立てられた、綺麗な黒いドレスを身に纏っている。デザインは大人っぽいが、胸元の白いリボンが可愛らしさを演出している。ジッとして黙っていればどこかの令嬢みたいだ。そんな彼女に言われるがまま店の方へ向かう。

入り口で、店の制服に身を包んだ糸目の男に出迎えられる。

「ミコット様、お待ちしておりました」

「さあ、行きましょう」

フッと大人の微笑みを見せ、ミコットは俺を手招きする。

いやいや。こんな店に来るなんて聞いてないぞ。

「……ミコット様、お連れの方は……少々当店のドレスコードには相応（ふさわ）しくないようですが……」

糸目の男はジロジロ俺の全身を眺めたあとに、そんなことを言った。

そらそうだ。俺だってこんな店に来るとわかっていたら違う服を……持ってないけど。

しかし、ミコットはまったく動じていない。『まあ任せてくださいよ』と言わんばかりのドヤ顔を見せる。

「この方はドーマさん。かの……英雄ドーマさんですよ！」

「な、なんですと⁉」

男は細い目を大きく見開いてしまった。いいのかそれで。糸目の希少価値が暴落である。

「失礼致しました。実は当店で働くシェフの息子も先日、人身売買組織から救われたばかり……英雄ドーマ様のお噂は、かねがね耳にしておりました。言われてみれば、その装いからは洗練された英雄の風格を感じます！　私の目は節穴だったようです」

男は意味のわからないことを口走ると、店の奥へ駆け込む。

少しして、奥から偉い人が慌てて出てきたかと思うと、レストランの最上級の席に通されることになった。

洗練された空気。緊迫した雰囲気。

「ミコット、これも想定内ですか？」

「あ、あわぅぅ」

ミコットはカチンコチンだった。まるで成長していない。手と足が同時に動いている。

そんなミコットを他所に、席に座る。ふむ、ふかふかだ。

続いて、部屋を見渡してみる。様々な絵画や彫像、よくわからない高そうな物があちこちにちりばめられた部屋は、正直趣味がいいのか悪いのかよくわからない。シェフからよくわからない食材とよくわからない料理の説明をされたあと、音もなく前菜が運ばれてきた。

なんだこれは。でかい皿の中央によくわからない料理がちょこんと載っている。

崩さないように慎重に口に運ぶと、高級店の味がした。

「うん、美味い！」

……のか？　正直よくわからんぞ。

「ん～おいひい～！　でもこれって何……？」

うん、俺もそう思うよ。

次々とコース料理が運ばれてくる。そのどれもが、正直よくわからない味をしている。

とはいえ、メインディッシュの肉や魚は普通に美味しかった。

丁寧な下処理に理想の焼き加減、そして複雑に味が絡み合うソース。

美味いが……何だかニコラの料理が恋しくなってきた。

実家の味、みたいなものかな。プロメイドのニコラの味は、高級店にも勝る。

「あ、あの……ドーマさん」

「ん？」

ミコットはジッとこちらを窺うように見つめていた。

ワインをいつの間にか嗜んでいたようで、頬が少し赤い。

「ミコットは、ずっとお礼を言いたかったんです」

真面目で頑張り屋な、つるんとした瞳がこちらをじっと捉えている。

「今ここにミコットがいるのは、ドーマさんのおかげなんです。ドーマさんと会うたびにミコットは温かい気持ちになれるんです」

ミコットはきっぱりと、そう口にした。

成長していないように見えて、彼女もまた成長しているということか。まあ、俺は匿っている魔族とミコットを引き合わせないよう、騙していたことがあるから心が痛いんですけどね！

「今ここにいるのは、ミコット自身の力ですよ」

「ドーマさん……」

だって、そうだからな。普通に。よく考えてみれば、俺は本当に何もしてないのである。

身内は差し出せないからと王都まで行って、手柄を立てさせようとしたものの、失敗して、結局よくわからないけどミコットは出世した。俺のおかげではないだろう。

「そ、そういえば、ドーマさんは今誰かとお付き合いされてるんですか？」

「しているように見えますか？」

いきなりの質問ではあったが、即答だ。

よく考えなくとも、何もないのである！

「あ、あー！　違います！　別にそんな意味で言ったわけでは……」

「と言うと？」

「あ、いやー……ドーマさんはミコットのことどう思ってるのかなって。えへへ……」

ミコットは、はにかみながら視線を下ろす。

俺は考える。真面目なくせに弱気で、流されやすい。うーん、そのまま口にしたら怒られそうだ。

だが。ひたむきに頑張る姿勢と、自分の芯を曲げない意志の強さはミコットの良いところだろう。

うんうん。

「そういうところは、好きだなあ」

「え？　え……え？」

やっぱり固い意志を持っていない人は魅力に欠けるからな。

あれ？　今、もしかして何か口に出てたか？

「ミ、ミコットのことですか？」

「ミコットにはそのままでいてほしいですね」

「ほわ……ミ、ミコットは一体どうすれば……」

言葉通り、そのままでいればいいと思うが。変な奴だ。

それからは、何故かぎこちない動きのミコットを見物しながら、高級料理の味を楽しんだ。

うむ。これは草の味だな！

そんな食事会が終わると、ミコットは二軒目に誘ってきた。

「実はあんまり味がしなくて……おなかもお酒もその……足りなくないですか？」

ミコットはかなりの食いしん坊だ。仕方ない。付き合ってやろう。正直、庶民の味で舌を戻したいし。

そういうわけで、俺たちは二軒目に向かった。しかし、それが間違いだった。


「うへ〜いい気持ち〜」

「い、一瞬で潰れやがった！」

安酒じゃないと酔えないタイプだ！　もはやミコットは、歩けないほどふにゃふにゃである。

夜ももう遅い。解散しようとしたが、地べたで寝ようとするので仕方なくおぶっていくことにする。最初は魔術で持ち上げたが、道行く人に通報されかけたのでやめた。

「で、家はどっちですか？」

「十番街の〜〜あ、そこ右で〜〜〜」

こいつ、自分で歩けるのでは？

むにゃむにゃと何かを呟きながら、ミコットがすりすりと頬を寄せてくる。

普段は全然酔わないって言っていたのに。もう次はないだろう。

ミコットの案内で辿り着いたのは、そこそこ綺麗なアパートだった。

執行官はそんなにブラックではないらしい。

ミコットを玄関で下ろして退散しようとする。が、足首を掴まれた。

「何帰ろうとしてるんですかあ〜」

仕方なく部屋に入り、ベッドまで担いで、放り投げる。

部屋はゴミが散乱していた。汚部屋だ。服や食べかす、チリ紙があちこちに散らばっている。

俺の世話焼きなハートに火が付く。

人生で一番気持ち良い瞬間、それは汚部屋を魔術で片した時だ！

部屋を片っぱしから片づけていると、ミコットは酔ったまま上着をするする脱ぎ、その辺に投げる。汚部屋の原因を見た瞬間であった。

「むにゃむにゃ、この部屋暑いですね〜」

ミコットはどんどん脱いでいく。ドレスを脱ぎ、コルセットを脱ぎ、黒タイツを脱ぎかけて――止まった。もうシュミーズしか残っていないことに気が付いたのだろう。

「――ん？」

その時、俺はミコットの太ももの付け根部分――タイツを脱いだことで露わになった素肌に、謎の模様があることに気付いた。まさかエリナーゼの因子か？

近付いて覗き込もうとすると、顔を赤らめたミコットと目が合った。

「その模様はなんです？」

「た、ただのアザですよぅ！」

「なんだ、そうか」

そうして俺は頬にバチボコ熱烈なビンタを食らったのである。

どうしてこうなった。不思議なことがあるもんだなあ。

王都地下街。王家の権威も届かぬその無法地帯に、夜に紛れて動く姿があった。

王宮魔術師の、マオウである。

彼がこの場所にいるのには、理由がある。

先日捕らえられた十二使徒のバルタが、妙なことを吐いたのだ。曰く、王都地下街の最深部には未知のエネルギーがあり、それが王都の障壁、そして王都の存在自体を支えているのだと。

マオウは戯言（ざれごと）だと一瞬考えたが、バルタはその情報を吐いた数時間後には、牢屋で無残にも殺されていた。これ以上の情報が漏れないよう、口封じされたとしか思えない状況だ。

だが、むしろその事実が、バルタのもたらした情報が正しいことを裏付けたようなものである。

「――確かに、ここには何かがあるようだ」

マオウは目の前の惨状に、目を細めた。

王都の戸籍には存在しない、貧民の死体がそこら中に転がっている。どれもこれも何かに食い散らかされたように、ぐちゃぐちゃになっている。まるで魔獣の仕業だと言わんばかりだ。

(貧民街とはいえ、王都の中に魔獣が？　考えたくもないな)

地下街ははぐれ者の巣窟だ。娼婦に闇のブローカーに殺人犯……挙げればきりがない。

そして、スラムはまたスラムでしか生きられない子供を生む。

王族やお偉方は地下街のことには興味がないが、マオウはこの事態を重く見ていた。

彼は強面な見た目からは想像し難いが、子供が大好きなのだ。

赴任先では孤児院に入りびたり、最終日には子供より泣いていた。

だから、ここに生まれ落ちたというだけで生き辛くなってしまうこの場所を、憂えている。

マオウは己の手を見つめる。

(今まで何人の子供の命を救い損ねたのだろう。自分の子供でさえ救えていない、この手は――)

マオウは胸に掛けた、彼と幼い少年の写真が埋め込まれたペンダントを強く握る。

かつて大事なものを取り零したからこそ、王都を巻き込む陰謀があるのなら、見逃すわけにはいかないと決意していた。

「――臭うな」

マオウは魔獣独特の香りを察知した。暗い路地を抜け、壁を越え、通路を曲がって駆けつけてみれば、またしても貧民らの死体が転がっている。今度は、絞殺(こうさつ)死体ばかりだ。

（まだ熱がある。この付近に何かいるな）

マオウは、スンスンと鼻を鳴らしながら臭いの残滓(ざんし)を追う。

すると、角を曲がった瞬間、切り裂くような一撃が飛んできた。

「ガァウゥゥゥゥ……」

そいつは、まるで狼男(おおかみおとこ)のような姿をしていた。狼の顔で、涎を垂らした二足歩行の魔獣が、唸りながら長い爪を構えている。その体高は、巨大な馬車ほどもある。

「なんだこいつは。新種の魔獣か？」

「ガァウゥゥアア！」

魔獣はマオウの姿を見るなり、鋭く長い爪を振り回しながら、攻撃してくる。

「フンッ、遅い。『魔弾装填(まだんそうてん)』」

マオウは軽く避けながら魔銃を生成し、魔術によって作り出した魔弾を籠(こ)める。そして、魔獣に数発撃ち込んだ。

魔獣はギギギと動こうとするも、魔弾によって生気を奪われ、ばたりと倒れる。

（——ドーマ(やつ)に早く追いつかなければ）

毎日鍛錬をこなし、日々新たな魔弾研究に勤(いそ)しむマオウにとっては、魔獣など相手ではない。

昨日の自分は今日超える。それがマオウの生き方である。

「これだけか……？　いや、まだ何かあるな」

魔獣の弱さに拍子抜けしたマオウだったが、気を引き締め、辺りを入念に調査する。

すると、付近の崩れた壁の中に扉が隠されているのを発見した。

（単独で調査するのは危険だが――危険を冒す価値はある）

そう判断してマオウは扉を開ける。すると、下へ下へと繋がる通路があると判明した。

真っ暗で、階下まで見通せない。どんよりと重い空気が立ち込めている。

銃を構え、油断することなく、マオウは地下へ進んでいく。

やがて、大きな部屋へと辿り着いた。中央には巨大な魔法陣が描かれ、その側には天井から地面へ延びた、肉の柱のようなものがドクンドクンと盛んに蠢いている。

「なんだこれは。肉の管？　この魔法陣は……転移用だろうな」

マオウは気味の悪さを感じていた。魔法陣からも、肉の管からも邪悪な魔力があふれているのだ。

（何か重要な秘密が隠されていそうだな）

マオウは天井を見上げる。そして、この部屋の上には何があるかを考える。

肉の管は、どこに繋がっているのか。

ふと、マオウの中で点と点が繋がる感覚があった。

「!?　まさかここは、あの場所の真下か？　とすればこの部屋の正体は――」

その瞬間、ガッという鈍い音がして、マオウは地面に倒れた。

薄れゆく意識の中で、マオウは自身を殴り倒した人物を見上げる。

「お、お前は――」

そう言葉を発したのを最後に、マオウは意識を失った。

☆

王都の朝は早い。駆け回る馬車の音、騒がしい人々の声、そして時刻を告げる鐘の音。

ローデシナの静かな日々にすっかり慣れていた俺、ドーマはやや不快な気分で目覚めた。

魔術を駆使(くし)して軽く寝癖を直してから、部屋を見渡し――

「……おい、起きなさいルエナ」

ルエナに懇願(こんがん)され、俺たちは同じ部屋を使っている。しかし、我が妹は、隣のベッドで眠っていたはず。それなのに、いつの間にか俺の隣でスヤスヤと寝息を立てているではないか。

はあ。深夜に起きて、戻る際にベッドを間違えた、とか？　まあそんなこともあるだろうと結論付け、優しくルエナの体を揺らして……

ん？　ガシッと抱き着かれた。嫌な予感がす――

「痛てててて!!」

まるで蛇に絞められているかのように俺の体が軋み、思わず悲鳴を上げた。

ルエナは、ぱちりと目を開ける。

「……うるさ」

呑気(のんき)なもんである。俺の全身に治癒魔術が刻まれていなければ、全身骨折で死ぬところだった。

妹の成長を身をもって味わえたのは良かったが、代償がデカすぎる。

ルエナは、徐々に頭が働き始めたようで、ゲッという表情を浮かべた。

「に、兄さん……なんでルエナのベッドで寝てるの!?」

「俺のベッドなんだが！」

妹というのは自分の過ちはなあなあにし、兄の過ちは激しく咎(とが)めるものである。

その例に従って、自らの過ちに気が付いたルエナは、「ふうん、まあいいや。今日は任務があるから、支度しなきゃ」と話を逸らすと、淡々と朝の支度を始める。

何やら今日から数週間にわたって重要な任務があるらしい。王国軍の兵士は大変だ。

そんなことを考えながら一人ゴロゴロくつろいでいる俺をジトーっと眺めて、ルエナは真顔で声を低くして言う。

「兄さんは今日もお仕事がなくていいなぁ。昨日も女の人と……ルエナ、嫉妬(しっと)しちゃうな」

「だ、だから誤解だって」

ルエナの目は怖い。輝きを失っている。それに、いつの間にか包丁まで握っている。

「バラバラにしたらルエナから離れないかな……」みたいなことをブツブツ呟いているし。

ま、まずい。何とか誤魔化さなければ！

「心配しなくていいさ。俺はルエナだけいればいいんだから」

手を握り、真心こめてそう言うと、ルエナは途端に照れ始めた。

「も、もうっ！　兄さんのずるっ！」

ふう。我が妹ながらチョロい。将来が心配だ。


そんなこんなでルエナは出立することになった。

軍服を着用し、より洗練された雰囲気を纏うルエナは、我が妹ながら見目好い。

いつか彼氏とか紹介されるのだろうか。嫌すぎる。その時は世界を丸ごと滅ぼそう。

「上司に迷惑をかけないように、頑張るんだぞ。ルエナはうっかりしてるところがあるからな。それに変な男にはついていっちゃダメだ。毎日三食しっかり食べてよく寝て……」

「もう、わかってるもんっ！」

バタンッ！　と妹は扉を勢い良く閉めて、行ってしまった。

まったく、心配しているのに……親の心子知らずということか。まあ……親じゃないけど……

さて、俺は暇なことだし、久しぶりに後輩の顔でも見に行くか。

王宮魔術師団。それは王国におけるエリート魔術師が集う組織である。その試験はまさに難関で、仕事は激務そのもの。

そんな王宮魔術師の中でも、一目置かれる、『新世代』と呼ばれる三人組がいた。

『異端児』マオウに『水魔術の奇才』テンコ。そして――現首席魔術師である『快星』オーウェンである。前首席魔術師が左遷されるという異例の事態により、一時は王宮魔術師団は混乱の最中にあったが、オーウェンの手腕により、魔術師団は再び纏まっていた。

そして魔術師団にとって、今日は特別な日だ。なんせ、帝国皇女が新型魔導具を視察しに来るというのだから。

ざわざわと魔術師たちが色めき立つ中、歩いてきたのは……眩い銀髪をさらりとなびかせる絶世の美少女――サーシャだ。その目つきはキリリと険しく、何者をも近寄らせないような恐れ多さと、高貴さを演出している。

彼女は用意された椅子に腰掛けた。

背後にはメイドが一人、そして護衛として王宮騎士『光姫のラウラ』が控えている。

「帝国皇女殿下におかれましては、本日もご機嫌麗しゅう……」

サーシャに向かって首席魔術師のオーウェンは深々とお辞儀した。

くしゃくしゃの茶髪に丸い瓶底眼鏡をかけたそばかすの男――快星オーウェンは一目見ると覇気のない凡人といった風情。それは本人も自認しているところだ。

「あなたが首席魔術師なのかしら」

「ええ、そうです。凡庸に見えますよね。しかし凡庸でも良いことはあるんですよ。なんせほとんどの魔術師は凡人ですからね。僕には彼らの気持ちがよくわかる」

「ふうん。そうなのね」

サーシャは感心していた。確かに目の前の人物は、ドーマの足元にも及ばないだろう。それはサーシャにだってわかる。だが、それでも首席魔術師にまで上り詰めたというのだから、その裏には弛まぬ研鑽の日々があったのだろうと思ったのだ。

(ふうん、ま、先生が守っただけはあるわね)

罵詈雑言を吐かれていたオーウェンを守るためにドーマが上司に頭突きをして左遷になったという経緯を、サーシャは思い出していた。

そこへ、騒がしい声とともにでっぷりと太った男がやってきた。

「なんだなんだ。私の出迎えがないぞ！　おい！　オーウェン、茶はまだか？」

声を荒らげながら、幹部長フォルグはズカズカと魔術師たちの制止を押しのけてサーシャの前に現れる。

「なんだ、この小娘は？」

慌てて側の魔術師が「ほら、今日視察に来る皇女殿下ですよ！」と伝えると、幹部長は数秒固まり、「へへへ……」と苦笑いした。サーシャは不機嫌そうに足を組む。

（むほほ、良い足だ。皇女と言ってもどうせお飾り。適当に案内して私の手柄にしよう）

それから幹部長はでしゃばり出した。

関わってもいない最新鋭の装置についてあることないこと喋ると、オーウェンに合図を送る。

「……そしてこれが我らの、いや、私の叡智（えいち）の結晶（けっしょう）、魔素変換装置（まそへんかんそうち）です！」

「ふぅん」

（『ふぅん』とはなんだ。せっかく私が説明してやっているというのに！）

大きな研究室では数十人の魔術師が力を合わせ、装置を起動させていた。

普段からドーマの魔力を直（じか）に感じているサーシャにとって彼らの魔力は、目を疑うほど低次元に映る。

「……随分人数が多いのね」

最高峰（さいこうほう）の王宮魔術師にしては、個々のレベルが低い――その理由をオーウェンがにこやかに語る。

「我々は難しいことに挑戦する必要がないのです。ゆっくり、丁寧に、確実に魔術を使えるのが良い魔術師なんですよ」

王宮魔術師といえども、その能力はピンキリである。これまでの王宮魔術師団は、キリの方は半ば見捨てられる、個人主義ともいえる組織構造だった。しかしオーウェンは最底辺に合わせ、無駄なヒューマンエラーを減らし、チームとしての完成度を上げることに注力している。

その結果、飛び抜けた成果は出にくくなったが、チームとしての安定性は増した。

だが、それを『弱者の理論』だと嘲る者もいる。

「まったく凡人の考え方だね。そう思わないか？　幹部長よ」

「あ、あなた様は……」

サーシャの背後から、白髪をボブ状に切り揃え、妙な紋様が刻まれた、先の尖った耳飾りをつけた糸目の男が現れる。途端に幹部長は腰を低くして平伏し出した。

サーシャは糸目の男を注意深く観察する。

（A級執行官ボルクチン……大司教の懐刀と呼ばれてる男ね。帝国皇帝とも面識があるはずだわ。こんな『化け物』だとは思わなかったけれど）

サーシャとて今はドーマに師事する身、多少腕が立つ自信はあった。しかし、その目に映る、土砂も人も呑み込む濁流の如きどす黒い魔力には敵わないと悟る。どころかその魔力量は、ドーマにも匹敵するのではないかとすら思う。

ボルクチンが幹部長の肩を叩くと、幹部長はびくりと跳ね上がる。

「へへへ、そ、そうでございますねえ！　おいオーウェン、もっと出力を上げんか！」

幹部長は無理やり装置のレバーを引く。

王宮魔術師団と執行官はそれぞれ独立した組織だった。が、それもすでに過去の話。今や、王宮魔術師団は大司教の庇護がなければ存在も危うい組織である。優秀な魔術師ほど見切りをつけ、離職しているのが現状だ。『取り残された側』である幹部長が、まさか世界で五人しかいないA級執行官――本当の実力者に逆らえるはずもない。

「今の王宮魔術師には価値がない。面白くない。それもこれも、幹部長。君が前任の首席魔術師を左遷したからだ。わかっているね、幹部長？」

「こ、今度こそ必ずや成果を挙げてみせますので、処罰だけは……」

「好転するといいね。もっとも、そうじゃなければ君を待っているのは破滅だけど。君もだよ、オーウェンくん」

名前を呼ばれたオーウェンは、口を閉ざしてボルクチンと目を合わせる。

ボルクチンはにこりと微笑むと、サーシャに挨拶して、去っていった。

サーシャはそんなボルクチンを警戒しながら見送った。

一方、幹部長は奥歯を噛みしめ、拳を強く固める。

（全て、全て！　あのドーマを左遷した時から狂い始めたのだ！）

そうして怒りに任せてレバーをもう一段がたんと倒した。装置が急激に発熱し始める。カッとエネルギーが膨張し、爆発寸前の状態になってしまった。

オーウェンが慌てて叫ぶ。

「幹部長、早くレバーを戻してください！」

「……い、いや戻らんのだ。なんだこの欠陥品は！　私の顔に泥を塗るつもりか！」

幹部長は顔を真っ赤にしてそう言った。

魔力の高まりが増していく。

「わ、私のせいじゃない！」

幹部長は舌打ちして爆発を抑えようと魔術を使う。

だがまったく変化はない。それどころか悪化していく。

（これが王宮魔術師の幹部？　ひどい実力ね）

ため息を吐くサーシャ。幹部長は、焦りに焦っていた。

「ま、まずい、爆発するぞ！　緊急停止！　緊急停止だ！」

「しかしそうすれば数か月分のエネルギーが無駄に……」

「それをどうにかするのが、お前たちの仕事だろう！」

この装置は村一つ、丸ごと塵にできるほどの魔力を秘めている。

もはやその場の魔術師ではどうにもならない。装置が、眩く光る。

しかし光は――突如として消えた。

「な、何が起こったのだ！」

幹部長は目を擦る。そこには現実とは思えない光景があった。

爆発することなく動きを止めた装置と、その側に立つ一人の男。

「なっ、お前は――」

幹部長は、思わず目を見開いた。

そこにいるのは間違いなく、幹部長が左遷した男だったのだ。

☆

ルエナを見送って、宿を出た俺、ドーマは久しぶりに王宮魔術師団を訪れていた。

しかし、入り口で猫耳の獣人に止められる。

「しっし、オーウェンさんは首席魔術師にゃ。お前が誰だか知らにゃいが、アポもなしに何様なのにゃ」

「ちなみにあなたは？」

「ふふん、水魔術の奇才、テンコとは私のことにゃ！」

「全然知りませんけど……奇才って自分で名付けたんですか？」

「にゃ……」と口にして、テンコは顔を赤くした。

猫娘にかまっている暇はない。どうやら奥で魔力が暴走しているようだ。赤くなって固まっているテンコの横を抜けて、中に入ると、見慣れぬ装置が暴走しているのが目に入った。

ほぼ部外者の俺が手を出すのもなあ……これもある種の実験かもしれないし。

なんて思っていると、見覚えのある姿が目に映る。サーシャとラウラだ。何故こんな場所に。

気付けば俺は、魔導具の目の前に立っていた。

装置は少し複雑な十二層式連立魔法陣から成っていた。打ち消すべく、二十層式の魔術を発動し、ついでに装置の魔法陣に手を加えて無力化する。

これで装置に蓄積されていたエネルギーも、無駄にならないはずだ。装置の光が消えていく。

ただの実験だったら、あとで土下座しよう……

そう考えていた俺の目の前に、桜色の前髪を揺らしながらラウラがするんと滑り込んできた。

「さすがドーマ、なでて？」

「俺がかよ」

ちんまりとしたその背格好からは小動物的な愛嬌を感じるが、実際、小動物並みに手間がかかる。

仕方ないから撫でてやる。するとラウラは俺の目を見つめ、そのままボフッと抱き着いてきた。

サーシャがそれを見てニヤッと笑みを浮かべたところで、聞き覚えのある怒鳴り声がした。

「ドーマ！　また貴様か！」

幹部長だ。その理不尽な叱責も、見た目も去年と何も変わっていない。逆に安心するフォルムだ。

「貴様のせいで装置が爆発した！　そうだ。もう一度、私の雑用係になれば許してやるぞ」

幹部長は訳のわからぬことを言い出した。

ああ、懐かしい。現役時代によく聞いた戯言だ。

「幹部長、申し出はありがたいんですが、結構です」

「な、何？　戻ってこないのか。この私が許してやっているんだぞ」

幹部長は慌て出した。

何やら様子がおかしい。俺を左遷した張本人が、今度は俺を戻そうとしている？

「金に栄誉、ここには全てがあるんだぞ！　また田舎に戻って敗北者の人生を送りたいのか？」

「別に人生を誰かと比べる気はありませんよ」

「お前のためを思って言ってやっているのに、なんだその態度は！」

……自分の人生を生きてほしいものである。

そんな時、突然サーシャが立ち上がり、幹部長の前へ行き、仁王立ちした。

腕を組み、幹部長を鋭い眼光で見下ろす。

幹部長は、思わず怯む。

「さっきから聞いていれば、随分乱暴ね。上に立つ人間がそんな態度でいいのかしら」

ドサッとサーシャは紙束を落とした。何だろうか。一枚俺の方にも滑ってくる。なになに、収賄、恐喝にパワハラ……

「あなたの悪事について、全て調べさせてもらったわ」

サーシャがそう告げる。改めて紙束を確認すると、そこには幹部長がこれまでに働いた悪事の全てが詳細に記載されていた。脅迫、買春までしていたのか。加えて、王宮魔術師団を離職した被害者の証言まで書かれている。

王都でサーシャがやけに忙しくしていた理由は、これだったのか。それにしても、数日で他国のことをここまで詳細に調べるなんて、各所にパイプを持つ帝国皇女でなければできなかっただろう。

たちまち幹部長の顔が真っ青になった。慌てて地面を這い蹲り、紙を拾い集める。俺の持っていた紙も奪い取ると、周りをきょろきょろ見渡す。

周囲の魔術師の誰もが冷ややかな目線で、幹部長を見つめていた。

味方はいない。そう察したのか、幹部長は大声を上げ、そそくさと退散する。

「私は悪くないぞ！　全部、なんのことかわからぬな！」

しらばっくれる気らしい。だがサーシャは想定通りだと言わんばかりに髪をなびかせながら言う。

「ちなみにこの書類は、もう王国に提出済みで、これはその写しなんだけどね」

幹部長には数日以内にそれ相応の処罰が下るだろう。

サーシャは悪魔のような笑みを浮かべた。

「ようやく今日という日が来たわ……先生をなじった報いよ。地獄に落ちなさい」

怖い。だが、サーシャは俺のために準備してくれていたのだろう。

礼を言うと、「べ、別に王国の未来を案じただけよ」と見事なツンデレを見せてくれた。

さて、暴発が収まった装置の前では、現首席魔術師のオーウェンが心ここにあらず、といった感じで立ち尽くしていた。俺は彼の肩をポンと叩いて言う。

「安全装置が上手く作動していなかったな。九層目の魔法陣が不安定だったんだ」

「ドーマさん……流石ですね」

オーウェンは引きつった笑みを浮かべる。昔から本心を隠すのが得意じゃなかったな、彼は。

もっとも、彼からすれば俺はもう過去の人物だ。そんな奴が現場でのさばってきてウザいのだろう。ぐすん。

俺は心の中で泣きながらも、本心からの言葉を伝える。

「でもこの記録装置は凄かった。驚いたよ」

オーウェンに、モペイユから授けられた記録装置を見せながら言う。

すると、彼は信じられないといった表情を浮かべ、俺の肩を掴んだ。

「お、驚いたんですか……！　本当に⁉　やった、ついにドーマさんを……！」

そんなに俺を驚かしたかったのか？　オーウェンは興奮気味に他の魔術師たちと顔を見合わせる。

オーウェン以外の魔術師は、全体的に魔力量が少ない。

だが、研究自体のレベルは別に低くない。そそられない内容ばかりではあるが。

「それにしても、俺がいた時より、なんというか……真面目な研究が多いんだな」

「……昔とは違うんです。今は上——大司教様からの依頼が最優先なんですよ。それに今の方が、ドーマさんがいた時よりも成果は上がっている」

しまった。どうやら無駄に先輩風を吹かせてしまったようだ。

今は今のやり方がある。そこに意見する気は、毛頭ない。

「ここにはもうドーマさんの居場所はありませんよ」

「俺もちょうどそう思っていたところだ」

俺が入れば魔術師たちのチームの和を乱してしまうだろう。実際に、俺の時代に多くいた個人主義の魔術師たちの姿はあまりない。辞めてしまったのだろうか。

「僕はこの方法で、いつかドーマさんを超えてみせます」

「そうか、頑張れよ」

オーウェンの目は、以前と変わっていた。そこには確かに、強い野心が宿っている。

自由に新たな魔術を生み出していこうという、一年前の王宮魔術師団ではもうないんだな。今は組織の一部として忠実に業務に取り組んでいるのだろう。俺はもうここには戻れない。

一つ、戻る場所を失ったような気がして、俺は少し寂しさを感じた。

7

停戦式典が二日後に迫っていた。

サーシャは忙しそうにしているが、俺はといえば、今日も今日とて王立大図書館でエリナーゼについて調べているだけだ。だが、ほとんど収穫はない。何者かによってエリナーゼにまつわる情報が全て消されているのではないか、なんて気すらしてくるくらいには。

そして、何者かが俺を尾行している。もしやエリナーゼの情報は相当真っ黒なのだろうか。だが、尾行を甘んじて受け入れる俺ではない。颯爽と街を駆け抜けると、尾行を簡単に……カンタンに……

「ヒュー、ヒュー、い、意外としぶといな！」

体力がある俺ではない。

路地で息を切らしていると、あっという間に覆面たちに囲まれてしまった。明らかに刺客（しかく）である。

そのうちの一人が短刀を手に襲いかかってくる。相当の手練（てだ）れだ。だが、俺の相手ではない。

「悪いな、お前らみたいなのが何人来ようと相手にならないんだよ」

「ぐ、ぐぁ！」

襲いかかってきた刺客の動きを止めるべく、地面から土の針を生み出した。

すると、他の刺客たちは不利を悟って逃げてしまった。残された奴は、服がびりびりに破けた状態で激しく抵抗している。手も足も貫かれているから、見るからに痛そうだ。

息を荒くしジタバタ暴れる刺客。胸がぶるんと揺れる。

——刺客は、女だった。

「ふーっ、ふーっ」と苦悶しながら俺を睨みつけているが……さて、どうしたものか。尋問して口を割らせたいが、俺の方が悪人みたいに見えないだろうか。

相手が女性では、目の遣り場にも困るし……

とりあえず催眠魔術を使うと、刺客の目がとろんとトロける。誰からの依頼なのかを自白させようとしたのだが、『あの方のために……』みたいな曖昧な回答しか返ってこない。

仕方がないので催眠状態と拘束を解き、ある程度治癒して、俺の上着をかけてやる。

さて、改めて話を聞こう。

そう思っていたのだが、刺客はこちらをキッと睨むと、素早く大通りに逃走していく。

「俺の服が臭かったとかじゃないよな……？」

逃げられたが、まあいいだろう。『次はない』と刺客たちは理解したはずだ。

それにしても、刺客を差し向けられるほどエリナーゼについて調べられたくないらしい。

危険な目に遭うのは俺一人で十分だ。ラウラたちには、今日のことは伝えないでおこう。

☆

王国大司教座。

王都の中心に位置するその大聖堂は、今や王国を裏から支配する大司教派の総本山である。

そこの広間には、聖堂と同じ大司教座という名を冠した椅子が置かれている。そこには、名前の通り、聖堂のトップである大司教しか座ることはできない。

そして現在、この場所には禿頭で枯れ木のように痩せた老人が座っていた。一見するとただの老いぼれにしか見えない彼の目は、しかし野望で満ちていた。

広間に闇の魔力が広がる。次いで、大司教派の幹部たちが広間へと集結した。

幹部の一人――A級執行官のボルクチンが、口を開く。

「王宮魔術師団は、完全に支配下に置いています。首席オーウェンも今の地位にしがみつくことに必死。裏切る心配はございません」

大司教は頷く。次いで、全身に鎧を纏った大柄の男が報告する。

「王宮騎士も半数を掌握しております。亡き枢機卿がいた時と同等の影響力が確保できたかと」

彼らにとって、枢機卿の死は痛手だった。おかげで計画を延期せざるをえなかったのだ。

「かの二人の処分はどうなさいますか。王宮騎士の武帝シャーレは行方不明、王宮魔術師のドーマは少々危険な動きを見せております」

枢機卿を倒したという二人。ボルクチンは危険因子は処分するに限ると考えていた。それ故、すでに刺客を送り込んでいる。高名な剣士でさえ殺せるほどの、暗殺者たちを。

「魔術師の方は捕らえよ。生死は問わぬ。騎士は殺せ」

「はっ！」

「報告を続けよ」

他の幹部も、情報を告げていく。

王国軍を指揮する貴族たちの多数は、買収済みである。もっとも、それに応じない貴族たちもじきに理解するだろう。大司教派はすでに、国王の命さえも握っているのだと。

ボルクチンは例の計画が成功すれば、大司教が王国を掌握すると確信していた。

「計画の進捗について述べよ」

「はい。魔族どもはすでに収監しております。地下の準備も整いました。あとは行動に移すだけかと」

ボルクチンの報告に、大司教は満足そうに頷いた。

「力が必要だ。大いなるエリナーゼの力が」

部屋の中に充満していた、闇の魔力が増幅する。

かつての英雄スカラ——またの名をエリナーゼ。巨大な王都を支え、大障壁を何百年も維持するほどの彼女のエネルギーは今、大司教の手の中にある。

「誰にも邪魔させてはならぬ。悲願達成の日まで決して知られてはならぬ」

エリナーゼの力の源泉——大司教が簒奪したそれは、地下深くに存在する。そして、肉の管を介して、大司教座、延いては大司教に供給されるようになっていた。

残るは、たった一つのピースを起動させるだけである。

「武神を召集せよ」

大司教はそう言い放った。

☆

王国と帝国の二大国が停戦して十年を迎えることを祝う式典、それが停戦式典だ。

とはいえ堅苦しいイベントではなく、俺たちみたいに招かれた客は立食パーティーのような感じで酒や料理を楽しんでいればいいだけだ。

式典は、王城の大広間で行われる。

王国中のほとんどの貴族が招かれ、有力な商人や各ギルド長、大司教も姿を見せている。そんな中、美しいドレスを身に纏った女性陣が会場に入ると、途端に注目を集めた。

主賓たるサーシャは言わずもがな、後ろのラウラや俺、ドーマにも視線が注がれる。

サーシャに視線が集まり、ラウラを見て、俺でがっかりする。見事な三段オチである。

そんな拷問がひとしきり済んだあとは、高貴そうな人々と挨拶を交わす。

そうして、つつがなく式典は進んでいく。貴族出身ではない俺はやけに軽蔑の視線を向けられるが、ラウラはむしろ婚姻の申し込みをされていた。

「どうです？　私の息子は将来商業ギルドを継ぐのですが、ラウラ様をぜひ妻として迎えたいと」

「……」

ラウラは困ったように俺を見る。その姿は親を見る子猫のよう。

「任せろ」

ここは俺がひと肌脱ぐとしよう。

「お待ちを。まずは私に話を通してからにしてください」

「き、君は、例のドーマ!?」

何やら反応がおかしい。『例の』ってなんなんだ。

ともあれ、俺の名前じゃおじさんたちはビビってくれないので――

「ウチのお嬢を娶(めと)るのは私を倒してからだ、と主人がおっしゃっておりましてね」

「主人？　誰だね？」

指をさす。

少し離れたテーブルで和やかに談笑しているのは、王国最強の武神ことソルヴィである。

目の前の男は、頬を引きつらせた。

「……ははは、冗談だよ冗談」

「今後は主人に話を通してくださいね？」

「ははは……」

やれやれ。婆さんとはいえ武神に喧嘩を売るような奴はいないだろう。

虎の威を借りてしまったが、以前に『あたしに勝てないうちは、ラウラはやるわけにはいかんね』と言っていた。言質は取っているのでセーフ。

もう大丈夫だぞ、とラウラの方を見ると、サーシャと揃って微妙な顔をしていた。

サーシャは言う。

「先生って、騎士にはなれないわね」

「ははは、褒め言葉か？」

「まあそれも先生っぽいけど……」

「ん。ありがとう」

魔術師たるもの紳士でなければならない。だが、紳士とて嘘はつくのだ——

そんな感じで、お高そうな美酒に舌を酔わせていると、俺の顔を見てひそひそと話しながら、兵士たちがやってきた。なんだ。卑屈になるからやめてくれ。

「……ごほんっ、あなたがドーマ様ですね？」

「違うんだ！　俺は何もやっていない！　冤罪だ！」

「え？　いやいや、違いますよ」

誤解だった。髭をはやした兵士のおっちゃんは、慌てて手を横に振る。

「国王陛下がお呼びです。ご同行いただけますか？」

「……え？　国王様が？　俺を？　不敬罪で？」

「不敬罪とは言ってませんけど」

流石に名誉ある（？）王宮魔術師といえど、国王とズッ友なわけではない。唯一の関わりは、叙任された時に一目見たくらいか。

王は現在、病とかで臥せっていたはずだ。聖女の言葉が頭に浮かぶ。

「王国の中には何か、良からぬ闇が潜んでいる。そして何かを秘匿している、だったか」

それを調べる絶好のチャンスが訪れたのかもしれない。

兵士とともに抜け出そうとすると、サーシャに裾を引っ張られる。

「ちょっと、ちゃんと戻ってきなさいよ？」

「わかってるって」

「ドーマ、わたしもいく」

「え？　なんでだよ」

サーシャは俺を男貴族に対する防波堤にしたいだけだろうが、ラウラは何やら意味深な目で俺を見つめている。ラウラの目を見ていると、たまに吸い込まれそうになる。

深い深淵が、目の奥に宿っているようだ。単純に怖い。

「心配だから。ドーマはいつも、ひとりでへんなことをしてる」

ラウラに心配されるようなことをした覚えはないが……なんとなく、ラウラを連れていってはいけない気がした。刺客のこともある。呼び出された理由もわからないのに、ラウラを巻き込みたくはない。ただそれだけだったのに、俺は言葉選びを間違えた。

「ラウラには関係ないだろ」

あっと思った。でも遅い。ラウラは固まったかと思えば、ポロリと涙を一粒、零した。

「ごめんなさい」

そうぽそりと言って、ラウラは振り返り、瞬く間に姿を消す。

その場には手を伸ばした間抜けな俺と、呆れた表情のサーシャだけが残された。

「ちょっと、言い方ひどくないかしら？」

「……なんであんなこと言ったんだろう」

「ま、そんな時もあるわよ。あとで痛い目に遭いなさい」

しばかれるのは確定なの？

ラウラは引きずる性格ではないと思うが、次に会った時にはすぐ謝ろうと決めた。

さて、気持ちを切り替えなければ。これから、国王との対面なのだ。

待っていた兵士に連れられ、大広間を抜ける。奥へ上へと進み、静かな上層階へやってくると、控室で待っているように言いつけられた。控室と言っても、だだっ広い客間のような場所だ。

一体王様が俺になんの用だろう。一応土下座の練習でもしておくか。

「すみませんでした！」

「あら、先輩？」

「……」

控室には先客がいた。桜色の髪。一瞬ラウラかと思ったが、髪は長く、ぺっぺけぺーな雰囲気でもない。妹とは違い上品な雰囲気が板につく姉、ラウネは笑みを零す。

まるで這い蹲る俺を笑っているかのようだ。先ほどラウラを泣かせたばかりなのだが、タイミングが悪すぎる。殺されないよう、先ほどのことは黙っていよう。

「先輩もですか？」

「も、ってことは、ラウネも陛下に呼ばれたんですか？　不敬罪で？」

「不敬罪ではありませんけどね」

緊張しているのか、ラウネの表情はやや暗い。決して俺のボケが面白くなかったとかではない。

ともあれ……話題がない。俺は必死に共通の話題を探して……ふと気付く。そういえばラウネもソルヴィに育てられたはずだ。これまでの道中について話してみると、ラウネは苦笑いした。

「私はソルヴィおばあ様からあまり良く思われていないんです。おばあ様は魔術師がお好きではないみたいだし、私よりラウラの方がお気に入りみたいで」

「へ、へぇ～～～」

思わず目が泳ぐ。もしかして地雷を踏んだのかもしれない。確かにソルヴィはラウネのことをあまり良く言っていなかった。

俺が口をパクパクさせているのに気付いたようで、ラウネは慌てて話題を変えた。

「そういえば先輩は、どうして陛下にお呼ばれしたんですか？」

「それが、よくわからないんですよね。多分俺のことが好きなんですよ。ラウネは？」

「私は、実はグルーデンでの活動が認められたんです。魔族に対する迫害について、再考しようという活動なんですけど」

魔族狩り執行官による迫害。それをなんとかしようとグルーデン全体で活動し、ついに国王にまで直訴する機会を得たらしい。なんて立派なんだろうか。

「そうですか。報われるといいですね」

「ふふっ、先輩は優しいですね」

目が合う。ラウラの瞳が深淵だとすれば、ラウネの瞳は深海。暗い闇の底で、何かが渦巻いている。

返答に困っていると、「失礼」という声とともに、おっちゃん兵士がやってきた。思わぬ助け舟だ。おっちゃんは先に俺を呼んだ。どうやら陛下のオキニは俺らしい。

ある部屋の前へとやってきた。そこには、数人の兵士が整列していた。

毎回思うのだが、この兵士たちは休憩とかしているのだろうか。心配である。

そう思っていただけなのに、おっちゃんが「ここの兵士は精鋭揃い。流石ドーマ様、実力を見定めているのですね」と訳のわからぬことを言ってきたので、重々しく頷いておいた。

それにしても、まさかこんな奥まった場所に通されるとは。ドアも小さいし。それだけ見ると物置みたいだが、きっと中は物凄い部屋なんだろう。なんたって国王の部屋だからな。

ドアが開いた。

「陛下、こちら、王宮魔術師のドーマ様でございます」

……中は普通に寂れた寝室だった。いや、なんと立派な部屋だろうか!!

俺の目をもってすれば、数々の意匠が施された最高級な部屋だと看破看破。

さて、大きなベッドには一人の老人が横たわり、その脇には長い銀髪の女が音もなく立っている。

赤く吊り上がった猫のような目に長い睫毛。黒いワンピースを纏い、ガーターベルトからは妖艶さを、ツインテールからは幼さを感じられる。

国王の趣味なのだろうか。そうならばちょっと嫌である。

「……おぉ、近う寄れ」

「はっ」

国王のシワシワの手がよろよろと俺を招く。

恐る恐る近寄ると、今にも死にそうな爺さんがぷるぷると俺の顔を触る。

……これが数十年、王国を支えた男か。かつては『賢王』と呼ばれ王国の最盛期を築いた彼だが、今にも死に絶えそうだ。

ちなみに、国王には子供が十六人いて、一番下の子は去年生まれたばかりだ。絶倫爺さんである。

「……呼び出したのが物置部屋ですまんのぅ。小部屋の方が落ち着くのでな」

「実に素晴らしい物置部屋でございます」

よく見れば普通に物置部屋なんてこと誰にでもわかる。もちろん俺にもナ。

「……ゴホン、昨今のそなたの活躍は聞いておる。ぜひ礼を伝えたくてな」

「礼などとても！」

まさか褒めるために呼び出されたとは。お付きの女性がニコリと笑みを浮かべてから、値踏みするような目線を俺に向けつつバッジを持ってくる。

「つまらないものだが、もらってほしい……」

「はっ！　身に余る光栄でございます！」

よくわからないまま黄金のバッジを受け取り、胸につける。

これが純金の重さ。身が引き締まる思いだ。

「財政難でな……メッキですまぬ」

メッキなんかい。

「……ドーマ。これからも頼むぞ」

「はっ」

国王は俺の肩を弱々しく叩いた。

そうして俺は陛下の寝室を出て、再び控室に戻った。すでに、ラウネの姿はなかった。

しばし待てと兵士に指示される。国家の犬らしく「ワン」と答えたところで、俺は手に忍ばされた紙を開けた。これは先ほど、国王から秘かに渡されたものだ。

薄々感じていた。あの国王は悪事を働けるタイプではない。

となると、国王は操られている――あるいは監視されていて自由に動けないと見るべきだ。

側に立っていた女性は、監視だったのだろう。

聖女は『王国は何かを秘匿している』と言ったが、それは国王が、というわけではなかったのだ。

周囲を確認し、紙を覗き込むと、震えた小さな文字が血で書かれている。

『「エリナーゼ」は地下に眠る。第三宝物室九番』

「これは……」

明らかにエリナーゼに関連する情報だ。何故国王が俺に協力するのかはさておき、現状情報の糸口すら掴めていない俺にとっては値千金である。

罠かもしれないが、それでも進むべきだろう。しかし……宝物室には俺一人では辿り着けない。

何故なら王族、もしくは大司教のみがアクセスを許された、秘密の場所だからだ。

「うむ、どうしよう…」

王族に伝手はない。しかし恐らく俺が王族や大司教に頼み込むのは、得策ではない。誰かがエリナーゼの情報を秘匿していて、俺はマークされているのだから。

多少の無理がきき、誰にも疑われておらず、そして俺も信頼できる人物……

ピキーン。妙案が浮かんだ。

☆

式典の最中、王城の地下階を一人の女性が訪れていた。

真っ赤なドレスの上からやけに大きい黒のコートを羽織った、気品あふれる帝国皇女——サーシャである。その側には女好きと名高い、王国の第一王子のベベロがいる。ベベロの案内で皇女は宝物室の前に辿り着いた。

そんな二人組に、警備の兵士が敬礼しながら、困惑したように声をかける。

「どのようなご用件でしょうか。ここより先は現在、大司教様が管轄する特別地区。いくら殿下とはいえ、お通しできません!」

その言葉に、ベベロは眉を顰める。

サーシャはわざとらしく甘ったるい声を上げながら、ベベロを見つめた。

「お、黄金が見たいなあ〜殿下〜」

普段の彼女の姿を知っている者ならば噴き出してしまうような、たどたどしい演技。

しかし、ベベロは気付かない。いいところを見せようと兵士に袋を渡した。

すると兵士は無言で扉を開ける。帝国では考えられない杜撰さに、サーシャは思わず素に戻る。

「今のって、賄賂じゃないのかしら」

「ふふん！　私が兵士に金を渡す。そして兵士が私に許可を出す。それは賄賂だ。だが、今は金を渡したら兵士が勝手にドアを開けただけ。だから賄賂じゃないんだよ」

「はあ……」

サーシャはげんなりした。王国では収賄がとても厳しい罰に問われることは周知されている。しかし、ルールはあれど別に誰も守っていなかったのだ。

カツカツと靴音を立てながら二人は第三宝物室に進む。

扉の前まで来ると、ベベロは皇女の息が荒いことに気が付く。

（急にどうしたんだ？　頬も赤い……まさか私のことを誘っているのか⁉）

ベベロは思わず口角を上げる。が、次の瞬間、とろんと目を閉じた。

壁に寄りかかった状態で、彼は気を失った。サーシャはそれをしかと確認してから、ばさりとコートを脱ぐ。すると、サーシャの背中にしがみつく、一人の魔術師の姿が現れた。

コートの中に忍び込みつつ、さらに認識阻害の魔術で隠れていたドーマである。

「侵入成功だな。助かったよ、サーシャ。その、変な役回りさせてごめん」

「ふふっ、このお礼は何で返してもらおうかしら」

サーシャは上機嫌に言った。彼女はむしろこの役回りを役得だと捉えていた。

コートを羽織っている間、ずっとお互いの心臓の音が聞こえそうなほど、ドーマと密着できていたのだから。

（それって、とてもロマンチックなことよね）

サーシャにとって、この時間はどんな黄金よりも価値があったのだ。

☆

「さて、じゃあ九番を探すか」

サーシャの協力を得て俺、ドーマは宝物室に忍び込むことに成功した。

宝物室には黄金や金貨が乱雑にどさりと積み上がっている。その真横には大きな鍵付きの棚が
あった。一つ一つの引き出しに番号が振られているので、九番は恐らくそれを指しているのだろう。

九番は、小さな引き出しだった。

「鍵はどうするの？」

「決まってるだろ。ぶち壊す」

「の、脳筋だわ！」

もちろん嘘だ。華麗な魔術師は錠開けぐらい簡単にこなす。簡単に……ぜ、全然開かない。俺は
鍵をぶち壊した。有言実行は大切だからな。

中に入っていたのは短冊状に折られた一枚の紙だった。開くと簡素な地図と、短い文章が書かれ
ている。文章はどう見ても成り立っていない。暗号だろう。一流の魔術師は暗号解読などお茶の子

さいさいである。

「…………こうあるひとにこんどくあど……ってなんだ？」

「無限回廊にエリナーゼ眠る。その姿を現せ。じゃないかしら？」

「!?」

て、天才だ……！

サーシャが呟いた途端に、紙に書かれていた簡素な地図と文章は消え、代わりに複雑な地図が浮かび上がる。その隣には『回廊は力を与える。新月は回廊を導く。光を通じて』と一文が添えられていた。『光を通じて』という文言はローデシナの遺跡でも目にした言葉だ。恐らくエリナーゼを指すのだろう。

そして回廊――『無限回廊』は都市伝説の一つでもある、王都の地下に眠る巨大迷宮のことだ。子供に対して『早く眠らないと無限回廊に連れていかれて、恐ろしい怪物に食べられるぞ』なんて脅し文句が使われるくらいである。

だが……これだけか？　地図にも手がかりがありそうだが、今の時点ではただの白地図だ。

「ちょっと殿下、こんなところで寝ないでくださいよ。皇女様はどこだ？」

突然兵士の声がした。足音が、どんどんと近付いてくる。

「ま、まずい！　俺が見つかればサーシャも疑われるぞ！」

「早くどこかに隠れましょ！」

慌てて部屋を見渡すと、隅に大きな箱があった。

兵士はさらに近付いてくる。迷っている時間はない。俺とサーシャは急いで箱の中に飛び込んだ。

箱の中は意外と狭い。男女二人が入ると体が絡み合うほどには。

「サ、サーシャまで隠れる必要はなかっただろ！」

「つい……仕方ないじゃない！」

サーシャの囁き声と吐息が頬をくすぐる。狭いからか、サーシャがもぞもぞと動くたびに柔らかな感触がある。押し当てられた胸からは、ドクドクと速い脈動が伝わってきた。紅潮した頬を伝って汗が流れ、俺の手に落ちていく。

その時、俺は手にしていた紙にさっきまでなかった文字が浮かび上がっていることに気付いた。

光だ。箱の外から僅かに差し込む光と、俺の魔力が共鳴して文字が見えるようになったんだ。

だが……くっ、狭い。なんとか箱の中で微調整し、紙にしっかり光が当たるようにする。

「ひゃ、ひゃあっ！　ちょっと、どこ触ってるのよ！」

「動くな。今、大事な場面なんだ」

「ひゃ……ひゃい……」

サーシャの背中越しに紙を広げる。

『光に神は告げる。回廊は意志である。怪物は力を守り、意志は継承される。エリナーゼは回廊に眠り、王を待つ』

と、そう書かれていた。

そして地図には詳細な図面が次々と映し出されていく。どうやらこれが完全版のようだ。

浮かび上がった文章からは、エリナーゼが無限回廊で没したのだと読み取れる。いや、エリナーゼは無限回廊を創り、そこで眠ったのかもしれない。

ということは、無限回廊に潜ればより何かがわかる可能性がある。

そう結論付けたところで、兵士の声が聞こえてきた。

「おかしいな～あっちか～？」

兵士の声が遠ざかっていく。ようやく俺とサーシャは箱から這い出した。

とにかく狭くて暑かった。箱なんてもうこりごりだ。

サーシャの方を見ると、ドレスの胸元をパタパタと扇いでいた。

「どうしよ、汗が止まんないわ」

「大丈夫か？」

「せっかくのドレスが台無しよ」

汗にまみれ、しわだらけのドレスを着替えなければ式典には戻れないだろう。そのまま戻ったら『何してたんだ？』とか思われてしまいそうだ。

「皇女様～どこですか～」

どうやら潮時のようだ。撤退しなければ。

「はい」

サーシャは汗だくになりながら俺に背中を向ける。な、何してんだ？

「何って、最初と同じ方法で出ないといけないでしょ？」

そうだった。耳が真っ赤なサーシャには悪いと思いながら、背中にぴたりと張り付き、コートを羽織る。ついでに王子にかけていた催眠魔術を解いた。王子は不思議そうに周囲を見渡している。どうやらバレていないようだ。

そうして俺たちは宝物室を脱出した。


怪しまれないよう、俺だけ先に式典に戻ると、ざわざわと観衆が色めき立っている。前の方へ進むと、大広間の横にある小部屋の前に兵士が並んでいる。

そして、血の匂いがする。小部屋の方へと近付き、俺は思わず息を呑む。

あの幹部長が殺されていたのだ。それもナイフで一突き。事件現場には抵抗した跡がなかった。

一体誰が……

すると、俺の肩を誰かがポンと叩いた。探偵のような格好をしている、若い男だ。周りの連中が「あれは名探偵のシロウ・トーだ」「どんな難事件も解決するというあの!?」と騒ぎ出す。

「これは、あなたのものですか？」

探偵は血まみれの俺の上着を手にして、そう聞いてくる。

数日前、刺客に持っていかれた上質な奴だ。

「そうですが……どこにあったんです？」

「これは返り血を防ぐために、あなたが使ったものでは？」

……あれ？　まさか俺が疑われているのか？

「あなたには動機がある。幹部長に左遷され、首席魔術師の座を奪われたという動機が！」

「な、なんだって!?」

確かに動機が――別にない！　幹部長を殺しても何の解決にもならないし、何より左遷されたことは俺にとって、喜ばしいことなんだが。

「そんなわけないじゃないですか。幹部長を殺す？　はっは、冗談もほどほどにシロウってね！」

シーンと空気が冷える。ちょっと……対応を間違えたかも。

「ではお聞かせ願いたい。あなたのアリバイをね。今まで、あなたはどこで、何をしていたのです？」

どこで何をって……そんなの宝物室に忍び込んで、地図を盗んでいたに決まってるじゃないか。

「……へ、へへへ」

「答えられない！　やはりあなたが犯人だ！　魔術師ドーマ！」

「くっ！　そこまで言うなら証拠はあるんですか、証拠は！」

その後、何故かホイホイ出てくる証拠によって、俺は見事お縄（なわ）となった。

俺が犯人だったのか？　……いやいや。

「俺は最初からおかしいと思ってた！　賢者なんて嘘っぱちだってな！」

「どうせ今までの功績も捏造したに決まっているわ」

観衆は口々にそんなことを言っている。

賢者？　功績？　一体誰の話をしている……？

ともあれ、お手上げなので仕方なく牢屋に連行された。


「逃げようなんて思わないことだ。まあこの牢屋から脱獄できた奴は、一人もいないがな」

そんな言葉とともにぶち込まれたのは、魔力を封じるタイプの牢屋。確かに、魔術がまったく使えない。まったく、この一年で三回も牢屋に入る羽目になるとはな。

だが、あれほど身に覚えのない証拠が出てくるということは、誰かが俺をはめたがっているということだ。むしろちょうどいい。いつだって牢屋から抜けられるからな。

なんせこの牢屋の仕組みを作ったのは俺だ。その頃は脱獄モノの小説にはまってたんだ。そして、この牢屋は複雑な手順を踏めば脱獄できるようになっているのだ。

そういえば、今の時点で脱獄者はゼロらしいが……そんなに出るのは難しくないぞ？　誰も脱獄したくないのか？

それから数時間経って、八十九番目の手順『床に魔法陣を三千回描く』をこなしていると、足音が聞こえてきた。兵士ではない。相当の手練れだ。

やがて姿を見せたのは、肉体派の剣士――シャーレだった。シャーレは地面にお絵描きする俺をジッと眺める。

「ドーマ、何をしている。こんな牢屋でじっとしているタマじゃないだろう」

「あと百回腕立てして二千回呪文を唱えれば、脱獄できるんですよ！」

「本当に何をしている？」

シャーレは見事な剣技で牢屋の檻をバラバラにした。ああ、俺の努力が！

どうやらシャーレは俺を助けに来てくれたらしい。とはいえ、シャーレは脳がカチンコチンである。誰か協力者がいるに違いない。

「何故俺がここにいると知っていたんです？　ついさっきのことなのに」

「状況は複雑に絡み合っている。だが、こうなることは予測できていた。奴らにとってドーマ――お前のようなイレギュラーな存在は、邪魔だからな」

「奴ら？　黒幕みたいなのがいるんですね」

「そうだ。少しは心当たりがあるだろう」

そんなものはない。田舎で日向ぼっこしかしていない魔術師を舐めすぎである。泣いて縋っておいおい喚くと、シャーレはため息を吐きながら黒幕の正体を教えてくれた。

「大司教派――つまり教会勢力だ。ドーマ、お前は枢機卿を倒した。それに何やら大司教派の裏情報を嗅ぎ回っていたと聞く。警戒されるのには十分な理由がある」

「な、なんだって～～～⁉」

俺は知らないうちにとっとこ怪しい道を歩いていたらしい。看板付けてくれよ～ぐすん。

「しかし、何故シャーレは俺を助けたんです？　まさか俺のことが好きなんですか？」

「……人助け自体は俺の目的ではない。ある人物から依頼を受けたまでだ」

シャーレは呪文を唱え、床に魔法陣のスクロールを敷いた。転移魔術だ。

ぐわんと酔っぱらうような感覚。転移魔術なんて高難度の魔術を使える人間はこの世にそう多くない。これもその依頼人から提供されたのだろう。

気付けば俺とシャーレは、古い家の前に立っていた。

そして目の前では、見覚えのある姿が顔をほころばせていた。

……いや、顔はない。空中に大きな鍔付きの帽子、子供用の服がぷかぷか浮いているだけだ。魔力によって目っぽい何かを生み出しており、それを動かすことで感情を伝えてくる。

「え、ギュ、ギュルフォン⁉」

「わあ、まさか本当に会えるなんて」

待っていたのは、俺の師匠の使い魔――人ならざる思念体であるギュルフォンだった。

まさか師匠もここに……と思ったが、あの魔王のような気配は感じない。そっと胸を撫で下ろしたところで、ギュルフォンは俺たちを古い家の中へと迎え入れてくれた。

そして俺らが席に着くと、ぴょこりと跳ね、アツアツのお茶をお盆に載せて持ってきてくれる。

い、嫌な予感がする。

「わ、わあああ」

想定通りギュルフォンはずっこけて、湯呑みの中身を俺にぶちまけた。だが当然、魔術で防御済みだ。

……ん？　いや、何故かお茶は防壁を貫通していた。

「ア、アッツ!!　なんで!?」

「ご、ごめんね。魔術を透過するお茶なんだ。喜んでもらえるかなと思って……」

ギュルフォンはむくりと起き上がり、両手の人差し指をつんつんしながらしゅんとなっていた。

昔からこうだった。ギュルフォンは優しい。優しいがゆえにドジをする。騙されて魔水晶を法外な値段で買ってきたことや、汚れていた俺の杖を磨いていたらポッキリ、なんてこともあった。

もちろん助けてもらったことも多くある。具体的にはえっと……あ、今回だってそうだ。

ギュルフォンと最後に会ったのは十年前くらいだが、王都にいたなんて知らなかった。部屋を見渡すと、師匠が作った実験器具や変な装置であふれている。

「懐かしいな、この感じ。ギュルフォンはどうしてここに？」

「実はね、お師匠様にここの管理を任されているんだ！　大事な器具だから僕にしか任せられないって。ふふふ、うれしいなあ」

　大事な器具か。俺の予感が正しければこの部屋にあるのは大体ゴミだ。

「師匠が最後にここに来たのはいつなんだ？」

「えーっと、九年前かな。お師匠様は忙しいからねえ」

　ギュルフォンはほわほわとそう言った。

「なんてこった」

　師匠のことだ。ドジばかりのギュルフォンを面倒くさがってゴミと一緒に王都に残したのだろう。さすが最低人間。ギュルフォンがあまりに可哀想なので事実は俺の胸にしまっておこう。

　ギュルフォンが再度お茶を持ってきて、またしても零す。それを予測していたシャーレは湯呑みを避け、お茶を拭く。うむ、相性ぴったり。

　さて、茶番はその辺にして。聞きたいことは山ほどある。

　ギュルフォンが目の前に座る。シャーレはその後ろに仁王立ちしている。

　まず二人がどうして出会ったのかを聞いてみると、次のような経緯があったらしい。

　シャーレが空腹で行き倒れていたところ、ギュルフォンが拾った……ネコか。

　で、そこから成り行きでシャーレはギュルフォンから魔術の指導を受けることになったんだとか。

「ギュルフォンは俺を強くしてくれた。だから協力している。今回もそうだ。王宮騎士には勅令(ちょくれい)が発せられているが、俺はこちらを選んだ。ところで光姫は一緒ではないのか？」

ラウラ。そうだ。まだ謝れていない。シャーレに事情を話すと、彼は頷いた。

「そうか。口にした言葉も流した涙も、元には戻せない。だが――未来だけは変えられる」

シャーレの一言は、すっと俺の中に入ってきた。その通りだ。シャーレは脳まで筋肉だが実直なので、核心をついてくる。

ギュルフォンはニコッと笑い「王都での事件においても、それは一緒だね」と言う。そもそも何故俺を助けたんだろうか。ギュルフォンなら俺のしぶとさは知っているだろうに。

「今、王都は危険な状態でね。それをどうにかしてもらうために、ドーマ君に協力してほしかったんだ」

「それって――」

「簡単に言うとね、無限回廊の力が暴走する予兆があるんだよねえ」

「エリナーゼの力のことか」

「あ、知ってるんだね。そうだよ。無限回廊はエリナーゼの力によって作られている。それが王都を支える力だったんだけど、それを意図的に増幅させて、悪用しようって輩がいるんだ」

ふむ、大体理解できた。つまり、纏めるとこんなところだ。

・エリナーゼの死後、強大な力は無限回廊と呼ばれる迷宮へと形を変えた。
・無限回廊は王都のエネルギー源である。

・エリナーゼは自身の力を正しく使ってもらうべく、意志を因子として残した。
・王国はエリナーゼの力を悪用しようとしている。

「……でも、増幅するってどういうことなんだ？　エリナーゼの力は二百年前のものだろ。減ることはあれど、増えることはないはずじゃないか？」

その疑問には、シャーレが答えた。

「回廊の中には、それを司る『回廊の怪物』が封じ込められているんだ。そして、そいつに大司教が捕らえた魔族を捧げ、食わせている。恐怖や恨み、絶望に染まった魔力は膨大なエネルギーとなるからな」

「なるほど、だから大司教はエリナーゼの情報を隠匿したのか」

魔族は悪である。そう言って教会は魔族を弾圧してきた。しかし本来の目的は力を得ることだったのだ。力を得るために魔族を捕まえ、殺し、絶望に落としてきた。

大司教……相当な悪人だな。

「無限回廊の力は凄いんだ。力が暴走すると王都は魔力の波に呑まれるだろう。それはもう、大災害になるんだよ」

わあっとギュルフォンは手を広げた。

魔力大災害か。百二十年前に起こった、いや、師匠が引き起こしたものでは国が一つ消滅したという。王都どころかローデシナも危ういかもしれない。

「むむ、俺も手伝うしかないか。厄介事はごめんなんだが」

「安心しろ、ドーマ。貴様はもう巻き込まれている」

シャーレの言葉に、俺は「えっ」と思わず漏らす。

「A級執行官ボルクチンが幹部長を殺し、ドーマに罪を被せた。お前がいた牢獄を、わざわざ王宮騎士に守らせてな」

そうだったのか。というかボルクチンって誰だよ。そういえばあの刺客もその執行官とやらの手の者だったのかもしれない。どちらにせよ、俺ももう傍観者ではいられないのだろう。

「わかったよ。協力する。でも実際、どうするんだ？」

「浄化するんだよ。大司教は、魔力を増幅するための装置を無限回廊内に設置している。それを壊し、僕が作ったこの装置を設置して、オーバーライドする。もう五年も頑張って作ってきたんだ！」

ギュルフォンがうきうきと取り出した装置は、見るからに穴だらけだった。これは……まずい。

こっそり魔法陣を描き換える。これでなんとかなるだろう。無限回廊の地図も持っていることだし、あとは無限回廊に入るだけである。

……しかし、無限回廊は都市伝説。数多の死人と魔物、そして回廊の怪物が闊歩する地下迷宮だという話は聞いたことがあるが、入り口がどこにあるのかすら見当もつかない。

だがシャーレは自信ありげに笑みを見せた。

「その点は問題ない。入り口を知る人物を確保している」

「⁉　お前は――」

シャーレの目線の先には二人の姿があった。

一人は王城でも会ったラウネ、そしてもう一人は、強面の王宮魔術師――マオウだった。

8

王都地下街のとある大広場。そこに数百名の精鋭たちが集められていた。

王家の剣こと王宮騎士が五十名。そして王都の治安を維持し、国民を守る王国軍兵が三百名。

その中の一人、王国軍兵のルエナは王宮騎士の中に見慣れた姿を見つけ、飛んでいく。

「ラウちゃんも来てたんだねっ、会えて嬉しいなあ」

ルエナはラウラに抱き着く。ラウラは驚きもせず、こくりと頷いた。

「わたしもあえてうれしい」

「えへへ」

ラウラはルエナを見て、彼女の兄であるドーマを思い出す。

（ずっと一緒のつもりだった。でも、それはわたしだけだったのかもしれない）

ラウラは少し落ち込みながらも、スンスンとルエナの匂いを堪能する。

そんなやりとりをしている二人を、複数の騎士たちが睨みつけた。

「おいおい、今からあの無限回廊に入るんだぞ。女子供を守る余裕はない。足手まといだ。お遊びのつもりなら、今からでも家に帰るんだな！」

「ふん。嫌だよーだ！」

ルエナはベロを出して応戦する。

「仲間割れはやめておけ。命に関わるぞ。女子供は……後方にいることだな」

やってきたのは王宮騎士『水王剣』のジャスティスである。王宮騎士の中でも有数の実力を持ち、家柄も由緒ある彼にとって、ラウラは目障りに映る。

（実力不足で左遷されたはずなのに、何故この特別な任務に選ばれているんだ？）

もちろん、ジャスティスはラウラが呪いにかかっていたことなど知る由もない。

数日前、ジャスティスを含む選ばれし王宮騎士に、国王から勅令が発せられた。

直近の不安定な政情の中で、である。

王宮騎士は国王が監視され、いわゆる大司教派――執行官たちが王国を支配しつつあることをとうに知っていた。だが王宮騎士は、王家の指示がなければ動けない。

そんな折に、監視の目をくぐり抜け、『無限回廊を破壊せよ』という血文字で書かれた国王の勅令が届いたのだ。その事実は、王宮騎士たちを奮い立たせた。

「これは王国を守るための決戦だ。無限回廊がなんだ！　回廊の怪物がなんだ！　王宮騎士は止まらない！　全ては、国王陛下のために！」

「「国王陛下のために！」」

王宮騎士たちが盛り上がる。それに、王国軍兵たちも共鳴する。

この時、彼らは誰も想像していなかった。

作戦に参加したおよそ六割が、再び地上に戻れなくなることを。

☆

病に臥せる国王の寝室に、腰が曲がった禿頭の老人――大司教が入ってくる。その隣にはA級執行官であるボルクチンと銀髪ツインテールの女、セミニコが控えている。

大司教はしわがれた声で、横たわる国王を憐(あわ)れんだ。

「最期(さいご)まで厄介な男だった……賢王(けんおう)よ」

「私は――まだ死んでいないぞ、大司教。ゲホッ」

血を吐きながら、国王はそう呟く。

しかしセミニコは、べったりと大司教に寄り添いながら嘲笑った。

「キャハッ、そんな死にかけで何ができるの？」

「ゴホッ、追い詰められた鼠は何をするかわからない……教わっていないのか？」

そう口にする国王の目は、まだ死んでいない。

大司教は冷酷な目を、国王に向ける。

（哀れな……全て私の想定通りだというのに……）

大司教は一枚の紙を懐から取り出した。国王が秘かに発していた勅令だ。

それを見て、国王は静かに動揺する。ボルクチンは笑みを浮かべた。

「まさか本当に隠し通せていたと思っていたのか？　お前が王宮騎士や兵士を動かしたことなんて初めから知っているさ」

「キャハハ、馬鹿ねえ。この方の御慧眼を欺こうったって無駄よ、無駄！」

セミニコは余裕の笑みで国王を嘲笑った。国王は視線を下に落とす。

（やはり内通者がいたか。しかし――）

「まだ終わっていない――本当にそう思うか、賢王」

「何？」

その言葉に国王は顔を上げる。大司教の瞳に渦巻く狂気を目撃し、国王の顔が生気を失っていく。

「貴様のちっぽけな兵力が回廊の怪物を、そして回廊を知り尽くした私の部下を超えていけるとは思えぬ。貴様の切り札は――例の魔術師、ドーマだろう？」

濁った闇の魔力が渦巻く。回廊から得た力は、大司教を介してボルクチンやセミニコにも与えられている。

　そんなことは国王も承知の上だった。

　その上で、国王は切り札を切った——つもりだった。

　だが、それすら大司教は見透かしていたのだ。

「元首席魔術師、そしてグルーデンでは枢機卿を滅ぼしたイレギュラーな存在。だがすでに奴は、私の手に落ちた」

　国王の表情が歪む。

　ボルクチンは意気揚々と語る。

「今頃彼は牢獄の中さ。それに万に一つ牢獄を抜けられたとしても、無限回廊は広大だ。中を知り尽くしてでもいないと、どうにもできないさ」

　この時点でボルクチンには誤算が生じていた。王都に潜んでいたギュルフォンという想定しようのない存在。そして、国王がドーマに渡した無限回廊の地図が、彼の計算を秘かに狂わせていたのだ。

　国王はそれを悟られないよう、あえて俯（うつむ）いた。

（一縷（いちる）ではあるが、まだ可能性はある）

　国王にできることは、祈ることぐらいだった。

（私の剣よ、どうか王国の未来を頼んだぞ……）

☆

俺、ドーマはシャーレ、ギュルフォン、ラウネにマオウとともに地下街の一室を訪れていた。

ここはちょうど大司教座の真下――つまり、大司教のお膝元に位置するらしい。目の前には、無限回廊に通じる魔法陣が刻まれている。魔法陣からは禍々(まがまが)しい魔力が放たれ、使うことを躊躇(ちゅうちょ)させる。

「も、もう少し戦力を整えません？　ほら、武神とか……」

あの最強婆さんがいれば楽勝なはずだ。

だが、俺以外の全員は微妙な表情である。

そのうち、ラウネが口を開いた。

「ソルヴィおばあ様の役職は『特級執行官』なんです」

「ん？　特級執行官って……」

マオウが髭をさすりながら呟く。

「敵ということだ。俺をここで始末しようとしたのもソルヴィだった」

マオウはソルヴィに襲われたらしい。生きているのが奇跡だな。

「一撃で俺を殺したと思ったらしい。だが俺はこのペンダントに救われた」

マオウは慈しみにあふれた目で視線を落とす。そこには二つに割れたペンダントがあった。埋め込まれた写真にはマオウと、一人の子供が写っている。そして、守護の魔術が付与されていた。

それにしても、ソルヴィが敵とは……

絶望しかけていると、シャーレがにやりと笑う。

「最強の武神と、一度手合わせしたいと思っていたんだ」

……面子(めんつ)は豪華だが、それでもソルヴィに勝てるとは思えない。だが、やるしかない。

魔法陣を発動させると、土埃(つちけむり)舞う小部屋に着いた。ここがどうやら無限回廊の内部らしい。

その中には、下へ下へと続く階段が設置されている。

地図を広げると、地図の中にいくつか小さな光の点があるのに気付く。この内部にいる人間の所在地を教えてくれるらしい。一番上層にある、五つ纏まった点が俺たちだろうな。

階段を下りると、石造りの通路に着く。

やけに重苦しい空気だ。腐臭もしていて、思わず鼻を覆う。

「墓場より陰気な場所だな」

マオウが呟く。

古く湿った回廊には、ここで死んだ魔族たちの多くの記憶と怒りが秘められている。

魔力が重い。苦しい。背中が熱い。

「絶対に物音を立てるな。怪物は音に反応する」

シャーレが言った。

無限回廊の怪物は、伝説の存在だと思っていた。だがそうではないらしい。通路のあちこちに、抉ったような跡がある。相当な大きさだ。

ズウンと真下から、重低音が響く。誰かが戦っているのだろう。

地図を見ると、凄まじい勢いで点が消滅している。ごくりと喉が鳴った。

それからは、地図の通りに最短ルートで進んでいく。道中で魔物と遭遇したが、音も立てず瞬殺していく。それができる戦力だ。

やがて、腐ったような臭気を放つ、沼地が現れた。沼の中は人と、魔物の死体だらけだ。みんな死んでいる。そして、死んだそばから腐っている。地図には『死者の沼地』と表記されている。

「ここを渡るのか？」

俺の質問にラウネが「そうです」とだけ答えた。

魔術で泥を弾くコーティングを施し、全員で沼を渡る。ぬめぬめと泥の水が体に纏わりつき、気持ち悪い。沼の中から悪霊がこちらを見つめてくる。こちらに来い、そう言っているようだ。

そう思っていると、ギュルフォンが足を滑らせた。

「わ、わああ！」

「まずい！　沼に引っ張られるぞ！」

待ち構えていたかのように、沼の中の悪霊がギュルフォンの体を掴む。

シャーレが剣を振るうが、悪霊には効かない。

た、確か悪霊を払う魔術は——三層式の……いや、八層だっけ？

『光霊弾（こうりょうだん）』」

マオウが光り輝く魔弾を撃った。そうだ。光霊術式。あまりに出番がないので忘れていた。

悪霊は震えると、ギュルフォンから手を離して、去っていく。ふう、助かった。

俺はふと自分の右足を見た。爛（ただ）れたような顔の悪霊が足を掴んだまま、こちらを見つめていた。

「う、うわあああああ！」

「ギョヨオオオオオオオオオオオオ」

耳が割れるほどの声量で、悪霊が叫んだ。

慌てて光霊術式で払うと悪霊は逃げていく。だが巨大な音は、回廊の怪物を呼び起こす。

「まずいぞ。奴が——来る」

マオウの言葉に次いで、地面が揺れる。地響きが腹の奥まで響いて、気持ちが悪い。

上からぱらぱらと砂粒が落ちてくる。おぞましい魔力が沼の奥からやってくる。急いで沼を進む。

全員の息が荒い。恐怖は誰にだって存在する。

沼を抜けると、深い谷があり、そこには一本の土製の橋が架かっていた。

それを見つけたのと同時に、巨大な怪物が姿を現す。

大地を掴む足は六本もあり、全身には棘が生えている。そして、きつい腐臭を放っている。というのも、奴の体は常に腐蝕と再生を繰り返しているのだ。頭部は黒々とした闇に覆われていて、溶けかけた歯がカチカチと音を鳴らす。闇の奥にある、赤く光る一つ目がこちらを捉えた。

あれが、回廊の怪物。人間が敵わない禍々しい憎悪そのものだ。

「走れ！　橋を渡るんだ！」

シャーレの声で我に返る。全体に強化魔術を施し、怪物に向けて無数の魔術を放った。

が、音のない咆哮によって全てかき消される。

魔術は恐らく効かないのだろう。とすれば、逃げるしかない。

全速力で橋を駆け抜ける。ラウネ、ギュルフォン、俺の順で橋を渡りきり、背後を見ると——シャーレとマオウが、橋の上で止まっていた。

「何してるんだ⁉　早く！」

「このままでは逃げきれない。橋を落とす」

シャーレが怪物に斬撃を放つ。だが怪物はそれを弾き、足を薙ぎ払った。シャーレが吹き飛ぶ。

マオウが魔力防壁を張ったから一応無事ではあるようだが、たったの一撃で、防壁は粉々(こなごな)だ。

シャーレは空中で姿勢を変えると、一気に跳躍して怪物の体に剣を突き刺す。

怪物の姿勢が揺らぐ。

マオウが怪物の足元に魔銃を向ける。

「食らいやがれ、化け物め」

足場が崩れ、怪物は谷底へ落ちていく。怪物の目が俺たちを捉えた。

するると突然、足元が光った。

「て、転移魔術!?」

慌ててラウネとギュルフォンの体を掴む。

光が俺たちを包み、次の瞬間には、見覚えのない場所にいた。

そこは巨大な空間だった。洞窟の中に、二人の巨人像が建てられている。

「まさか怪物が転移魔術を使うとはな」

「び、びっくりしましたね」

俺とラウネは思わずそう口にした。ギュルフォンはまだ転移の際の光で眼が眩んでいる。

シャーレとマオウは別々の場所に飛ばされたようだ。

現在地を確認するべく、地図を見ると、第十一層と示されている。

先ほどよりかなり下に転移させられたようだ。時短にはなったが、戦力は大きく欠けた。不安だ。

「ドーマ君、見て。あの石像は、誰が彫ったのかなあ」

呑気にギュルフォンが指さす先には、大剣を持った二人の石像があった。それらは、側にある扉を守っているように見える。

「まさか動き出しませんよね？」

ラウネがフラグを立てる。だが近付いても反応しない。

扉を開けると、再び通路が続いている。今度は壁に模様が彫られた、遺跡の内部のような通路だ。思えば、大森林で見かけた遺跡に似ている。

通路を進むと、聖堂のような空間に出た。奥には祭壇が作られており、その横で松明が燃えている。祭壇の上には巨人の白骨化した死体が、何本もの槍で貫かれ、鎖で巻かれた状態で吊るされていた。

「お前たちもここへ迷い込んだのか」

「う、うわあ！」

「だ、誰だ⁉」

遺跡の側では浮浪者のような痩せこけた魔族の男が一人、座っていた。

相当長い時間無限回廊にいたのだろう。独特の臭いがする。

俺の質問に対する返答は、なかった。

「ここからは出られねえ……出られねえ……」

そう呟くだけだ。とっくに精神が崩壊しているのだろう。

それを横目に、先ほど驚いてずっこけたギュルフォンは、遠くに飛ばされた帽子をてってこ拾いに行っている。

俺は、白骨死体を観察する。すると、手にボロボロになった本が握られているのに気付く。古い本だ。そっと手に取って捲ってみると、なんとか読める部分があった。

【日没の時、首が斬り落とされた。首を切断される間、彼女は微笑みを浮かべていたが、やがて絶命した。人々は叫び声を上げた。新月は彼女の命運の球を神の極みまで運んだ。すると彼女の四肢の六つの箇所から声が聞こえた。そして私の心臓からも。『我は神なり』】

見たことのある筆跡である。

「そうだ。地図だ」

地図に書かれていた文章と、筆跡が完全に一致しているのだ。つまり地図の作者と、本の作者は恐らく同一人物だ。誰なのかはわからないが。死体になってなお抱えていたということは、この白骨死体がその人なのか？

「エルシャ……」

ラウネがふと、そう呟いた。あの初代国王か。

「この死体が、エルシャなんですか？」

「ふふ、勘ですよ。おばあ様なら知っているかもしれませんが。エルシャと同じ、大罪人のおばあ様なら」

ラウネの目が虚ろに揺れている。様子がおかしい。ギュルフォンは俺の背後に隠れていた。

そもそも何故ラウネは無限回廊に来たのだろうか。魔族を救うため――いや、先ほどの浮浪者に見向きもしていなかったことから考えて、違う。

「大罪人って――そもそも武神はなんで大司教側に？　このままだとラウラとも戦うことになるは

ずですよね？」

ソルヴィほどの地位と実力を持っていれば、大司教の罪についても知っているはずだ。そして俺はソルヴィが根っからの悪人だとは思えなかった。

だがラウネは瞳の中に憎悪の炎を燃やしている。

俺に微笑みかけながらも、まったく目は笑っていない。

「先輩になら教えてもいいかもしれません。おばあ様――武神は二十年前、私とラウラ、二人の母親を殺したんです」

「――ッ!?」

それからラウネは、怒りと悲しみが入り混じった声で語り始めた。

そもそもラウネがソルヴィの過去を知ったのは、無限回廊の存在に気付いた時だった。

大司教とソルヴィは二十年前、初代回廊の怪物を討伐し、力を手に入れた。これがいわゆるエリナーゼの力である。しかし回廊は、怪物がいなければ力を供給しなかった。再び誰かが回廊の怪物として捧げられなければならなかったのだ。

そして武神は、強大な力を前に、目が眩んだ。当時、武神には弟子がいた。魔術師の弟子が。その弟子は武神の元で育ち、やがて子供を生んだ。それを見届けて、武神は弟子を怪物にした。

「全て、おばあ様の日記に書いてありました。私たち姉妹が母親の顔を覚える前に実行したと。道理で、母親の記録が残っていないはずです」

「じゃあ今、回廊の怪物は――」

「ええ、そうです。私の母親。その成れの果て。意識もなく、音だけに反応する怪物になって、ずっとこの暗闇をさまよっているんです。ふふっ、おかしいですよね。そんなことは露知らず、私とラウラは武神を親だと思って生きてきたんですよ？」

ラウネは自嘲するように笑い声を漏らした。

俺は何も言えなかった。ギュルフォンの手がギュッと俺の服を掴む。

「本当の母親は醜い怪物にされたのに、そうした張本人のあの殺人鬼を親だと思って生きてきた！それを知った時の私の気持ちが、わかりますか！」

ラウネの言葉には、強い憎悪が宿っている。

「私はあの人を許さない――でも安心してください。私は別にあの人を殺そうだなんて思ってません」

「……そうですか」

俺は静かに胸をなで下ろした。死んででも地獄送りにすると言い出してもおかしくないほどの覚悟が、宿っているように見えたのだ。

「そもそも倒せませんからね。だから今回は、ラウラをあの人から引き離しに来たんです。ドーマ先輩も、協力してくれますよね？」

「もちろんです。ラウラとラウネ、二人とも俺にとって大事な存在ですからね」

そう答えると、ラウネは俺の手を取って微笑んだ。不安定な笑みだった。

ひとまずラウネの言葉を信じることにする。

そうだ。ラウラは無事だろうか。どこにいるのだろうか。

不安を胸に、俺は回廊の地図を広げた。

☆

「に、逃げろ！」

洞窟の中に悲鳴と叫び声が木霊する。

無限回廊第六層。そこで王国軍、そして王宮騎士たちは二割の兵力を失っていた。

怪物が現れたのだ。しかも、脅威はそれだけではない。大量の魔物も同時に現れたのである。地上であればS級危険度の判定を下されるほど強い魔物が、次々に戦士たちに襲いかかる。

「た、助けてくれ……」

「医療班はいないのか！」

「すでに全滅です！　こ、こいつら先に医療班を狙って――ぐわああ！」

また一人、魔物によって王宮騎士が命を落とした。騎士の中の騎士、精鋭ぞろいの王宮騎士といえども、ここまでの修羅場を経験している者は数名に過ぎない。ほとんどの騎士は恐怖に怯え、戦うことなく剣を放り出している者までいた。

「隊列を組め！　落ち着いて、一匹ずつ対応しろ！」

そう声を上げる水王剣のジャスティスは、王宮騎士の中でも経験豊富だ。

彼は兵士や騎士を纏め、混乱を鎮め、着実に魔物に対応していく。

それによって、魔物たちは数を段々と減らしていった。だが回廊の怪物は、別格に強い。

経験豊富な強者が一斉に飛びかかるが――一瞬で皆殺しにされてしまった。

「クソッ！　よくも仲間を！」

そう口にしながらまた一人、王宮騎士が凄まじい速度で回廊の怪物に飛びかかり、剣を振るう。

しかしそれは簡単に弾かれ、触手と魔術で串刺しにされた。

怪物は明らかに医療に長けた者や手練れの騎士から始末しようとしていた。

王宮騎士団は指揮系統を失い、歴戦の猛者を失い、治療もできない。

絶望が、伝播していく。

「距離を取れ！　仲間を助けろ！　一人でも多く生かせ！」

剣を振るいながら、ジャスティスは冷静に叫んでいた。

（このままでは全滅だ。なんとか怪物をここから引きはがさなければ……！）

ジャスティスは単騎で怪物の懐に飛び込む。

側に近寄るだけでも恐くてたまらない。足はすくみ、全身が硬直し、剣を放り出したくなる。

それでもジャスティスは誇りある騎士。使命を果たすべく、剣を構える。

「水王剣流──『流れ飛沫』」

華麗に怪物の一撃を躱し、斬撃を叩き込んだ。プシュッと黒い液体が飛び散り、回廊の怪物は身じろぎする。

（気を引けた！　このまま時間を稼ぎ、部下を離脱させる！）

それからジャスティスは素早い動きで怪物をかく乱し、斬撃を与えては後退する戦い方で、一人で怪物を請け負った。

一瞬でも気を抜けば死ぬ極限の戦い。それが、確かにジャスティスを成長させていた。

そして、彼の中に自信が生じる──が、それも怪物と目が合うまでの話だった。

「あ──」

（死だ。俺は死ぬんだ）

ジャスティスは硬直して剣を落とした。

その目は、死そのものだった。絶望を突きつける無慈悲な暗闇である。先ほどまで自身を鼓舞し続けながら戦っていた彼だったが、一瞬にしてその熱が醒めたのを感じていた。

ふと、周囲の様子が目に入る。

部下は串刺しにされ、魔物に食われ、尊厳も誇りも失って肉塊と化している。いずれ自分もそうなる。家族にも二度と会えず、この冷たい地下で誰にも知られず死んでいくのだ。

そう気付いてしまったジャスティスは、もう一歩も動けなくなっていた。

やがて、痛烈な一撃がジャスティスを襲う。

「な、なんで止まってるのっ⁉」

「しぬのはだめ」

だが怪物の痛烈な一撃は、ルエナによって逸らされた。

その間に、ラウラはジャスティスを安全圏まで引っ張る。

ジャスティスはハッとした。

(俺は何を……それに、俺を助けたのは足手まといと断定した二人じゃないか)

ジャスティスは再び剣を握る。怪物の目は人の心を狂わせる。それに気付き、彼は改めて気を引き締める。

(ここで死ねば、死んでいった仲間の最期を誰が伝えていくのだ)

ジャスティスは、拳を握った。そして怪物の方を見る。

そこではラウラとルエナが、周囲の魔物を巻き添えにしながら上手く戦っていた。

(戦いは勇気だ。勇気があるものが、騎士だ)

「本当の騎士は彼女たちだ。俺が続かなくてどうする!」

ジャスティスは再び闘志を燃やし、ラウラとルエナに加勢する。

三人を中心に、怪物を凌ぎつつ魔物の数を減らしていく。

しかし少しして、怪物は突如、あらぬ方向へと猛スピードで去っていった。

意味不明な行動ではあったが、ラッキーであることは確かだ。

それから魔物を討伐するスピードは格段に上がった。

やがて魔物を倒し終えると、騎士たちはようやく一息つくことができた。

「先ほどは助かった。光姫ラウラ、感服したよ」

ジャスティスの言葉に、ラウラは無表情で頷く。

「そう。でも、まだおわってない」

ラウラは傷一つ負っていない。側のルエナもそうだった。

ジャスティスは己の未熟さを恥じた。

「ル、ルエナ、ラウちゃんの足引っ張ってないよねっ、ねっ」

「ん。でももうすこし振りを小さくした方がいい」

「そうなのっ⁉ ラウちゃん、好き！」

そんなほんわかしたやり取りを見て、ジャスティスは思う。

（なんだこれは……なんだこの満たされる感覚は……これが尊さか？）

さておき、結局このフロアで兵力は、三割ほど削がれた。まだ無限回廊に突入して一時間も経っていないというのに、ひどい有様だ。だが、上に戻ることは許されないとジャスティスは考えていた。

今戻れば王国が滅ぶと、直観的に感じていたのである。

そうして彼らは、さらに地下へ進んでいく。

ルエナは、ラウラの横をうきうきしながら歩いている。

S級の魔物といえどもルエナにとっては敵ではない。怪物は強かったが、ラウラと、そして兄さえいれば倒せるかも――と余裕たっぷりに思っていた。

そんな時だった。突如ルエナの耳に、雷鳴のような音が届く。

瞬時に、数名の騎士や兵士が反応した。雷鳴の主は危険である、と判断して。

戦いは一瞬だった。反応できた王宮騎士、そして数名の兵士を除いて、並の兵士はソルヴィの威圧で卒倒していく。残る実力者は一斉にソルヴィに斬りかかった。ルエナも同様だ。

繰り出した大技『死閃（しせん）』は、大岩をも両断する一撃である。

しかしそんな死閃も含め、立ち向かった全ての剣士の一撃が、ぴたりと止められた。

ソルヴィが「ふんぬっ」と叫ぶと、全員が後方に吹き飛ばされた。それから、ソルヴィは動く。

まさしく『神速』。瞬く間に場を制圧してしまった。

結果その場に立っているのはソルヴィと、抜刀すらしていないラウラだけだった。

「おばあちゃん……？」

「ラウラ、すまないね」

ソルヴィは一瞬でラウラの背後に回り込むと、手刀を放ち、気絶させた。そしてそのまま彼女の

体を担ぎ上げ、無限回廊をさらに下へと下っていく。

☆

「猊下、無限回廊の様子は順調かと」

「それで良い。慌てる必要はない。哀れな騎士共が回廊に呑み込まれていく様を、ただ眺めているだけで良いのだ」

大司教はボルクチンから報告を受け、満足そうに頷いた。

無限回廊の怪物と、武神ソルヴィ。最強の両名が無限回廊に存在する以上、無限回廊が攻略されることは万に一つもないと、大司教は考えていた。

(思えばあの日——あの時から私は力を得る運命だった)

二十年前に特級執行官であったソルヴィが無限回廊の怪物を討伐した際に、大司教はその力を手にした。だが想定外だったのは、怪物が死んだことで回廊が力を供給しなくなったことだった。回廊は怪物を必要としていたのだ。当初、大司教は武神に怪物となるよう命じた。

強すぎる武神も、大司教にとって脅威であったのだ。

しかし彼女は弟子を怪物にした。武神は力に溺れたのだ。

(奴も悪人よ。弟子を怪物に捧げ、さらにその子供まで捧げようとしているのだから)

武神は再び怪物を葬(ほうむ)り、そして今度は孫たるラウラを怪物にすることで再び力を得ようとしているのだと、大司教は把握している。

回廊の力は持つ者を不老かつ不滅にする。それはあまりにも魅力的だ。大司教にとってもはや武神は裏切ることのない、同じ力の魔力に憑りつかれた同志のような存在である。

（もう戻る道はない。ソルヴィ、永遠に力とともに在(あ)ろう）

大司教は目を瞑る。そんな時、投獄したはずのドーマが消えたという報告が入った。

（たった一人の魔術師が何を変えられるというのだ。だが、念を入れておくか）

大司教は部下たちを召集する。クマ伯爵と、回廊の力によって魔改造された屈強な戦士——A級執行官のボルクチン、『異端(いたん)』セミニコ、『鎧力(かいりき)』ボラック。大司教の力を分け与えられ、闇の魔力で満たされた彼らは一騎当千の実力者である。

「己の責務を果たすように」

「「「はっ」」」

（この計画に穴はない。私はただ大司教座に座っているだけで良いのだ）

大司教は、再び目を瞑った。

☆

一方、A級執行官クマ伯爵は一人、別の目的のために動こうとしていた。
闇の魔力を使い、大司教の監視の目を掻い潜り、やってきた先は大司教座の執務室。
「おやおや、やはり魔族は無限回廊の礎にされていたんだね」
ボルクチンやセミニコと違って、クマ伯爵は大司教に心酔しているわけではない。
魔族を捕まえることが王国を良くすることだと思って行動していただけである。
だが、事実は違った。
(薄々感じていたよ――真実とは思いたくなかったがね。ん、これは……)
執務室には、クマ伯爵にとっても予想外な情報が眠っていた。
「ソルヴィ様、あなたは――」
情報収集に気を取られたクマ伯爵は、背後の影に気付いていなかった。
影はクマ伯爵に向かって手を伸ばし――

9

「誰も戻ってこないなんて、おかしいわ!」

サーシャは式典を終え、ナターリャと二人で立ち尽くしていた。一緒に式典に来たはずのドーマとラウラが戻ってこないことを憂えてはいるものの、その理由まではわかっていなかったのである。

式典に戻った時に、小さな部屋の前が騒ぎになっていたことまではわかっていたが、まさかドーマが牢獄行きになったとは思いもしない。

（まさか先生、ラウラと仲直りしたあとに二人で抜け出して……？）

そんなふうに見当違いな邪推をしていると――

「帝国皇女、アレクサンドラ殿下でしょうか？」

背後から声がかかった。振り返ると、そこには黒の修道着に身を包んだブロンズヘアの女性が佇んでいた。その聖なる美しさに、サーシャは息を呑み、同時に聖女イリヤだと気付く。

「今日は新月。良い夜ですね」

それは前置きに過ぎないと、サーシャはすぐに理解した。

そして次の言葉を促すと、聖女は悲し気に微笑む。

「ドーマ様、そしてラウラ様はただいま無限回廊におられます」

「どういうことかしら？」

サーシャは聖女イリヤから、詳しく話を聞いた。

大司教がエリナーゼの力を簒奪していること。国王が勅令を発し、兵力を動かしたこと。そしてドーマが王都の危機を止めようとしていること。

「でも聖女様――あなたは本来、大司教側じゃないのかしら？」

「教会も一枚岩ではないのはご存知でしょう？　それに私はただ、主の意志を実行しているだけに過ぎません」

「そうなのね。それで私は、何をすればいいのかしら？　まさか二人が帰ってくるのを祈っていてください、だなんて言いに来たわけではないでしょう？」

聖女は微笑んで、答える。

「ええ、皇女殿下にはやっていただきたい仕事がございます。気兼ねなく前へ進むには後顧の憂いを取り除かなければならない。そうは思いませんか？」

サーシャは何を頼まれているのかと、考えを巡らせる。

（無限回廊は、伝説の存在だと思っていたわ。でも存在する以上、誰かがその出入りを管理していたと見るべきよね。ならば後顧の憂いは——無限回廊からの脱出？　出口を塞がれて、無限回廊に全員閉じ込められるってパターンが、最悪よね。誰も出られず、真実もわからず、全ては闇に消えてしまうのだから）

そこまで思考してから、サーシャは息を吐く。それから、出口を管理している人物は誰なのか、推測する。

（大司教に、執行官であるボルクチン……違うわね。彼らがそうなら、繋がりのない私にこんなこと、頼まないはず。大司教派の人物の中である程度の権力を持ち、裏切らない人物。たとえば、自分の地位に固執していて、それに縋っている、心が弱い奴とか——）

「わかったわ。オーウェンね。私の仕事は、彼を説得すること。そうでしょ?」

「……ええ、その通りでございます。皇女殿下の御慧眼には敵いませんね」

そうは言われたものの、巧みに誘導された結果だとサーシャは考えていた。

聖女から、不気味な底知れなさを感じ取っていたのだ。

一方で聖女も、誘導こそすれ、これだけ早く状況を理解したサーシャの明晰ぶりに舌を巻いていた。

(これならば私は、私の役割に集中できそうですね)

王都の月の夜はまだ、始まったばかりだ。

☆

無限回廊、第十層。

暗闇に包まれたその場所では、王宮騎士、そして王国軍兵たちの大量の死体が転がっていた。

帰りを待つ家族がいるにもかかわらず、国王の勅令に命を捧げた戦士たち。その死体を容赦なく踏みつけにしながら、ボルクチンは無限回廊を闊歩していた。

彼の背中に、殺されたフリをしていた騎士が飛びかかる。

「後ろも、しっかり見えているからね」

ボルクチンは余裕たっぷりに躱すと、魔力の渦を放った。

騎士は体をバラバラにされて、吹き飛んでいく。

「凡人が。選ばれし人間に牙をむくとは、身の程知らずで困ったものだね」

A級執行官ボルクチン。彼は幼少期から大司教によって改造手術と闇魔術を操作するトレーニング――『英才教育』を受け、生き残った唯一の人物である。セミニコにボラック、彼らはスカウト組。純粋培養である自分が一番飛び抜けて素晴らしいという自負がボルクチンにはあった。

そして、闇の魔力に幼い頃から触れてきたが故に、その扱いも飛び抜けて上手い。

（この計画で、ボクはより完璧になる。そしてあの方に生涯仕え続けるのだ）

ボルクチンは足元の死体を眺める。

死体はやがて無限回廊に吸収され、ボルクチンの力となる。

「ははは、簡単すぎて張り合いがないね」

奥では鎧力ボラックと王宮騎士が戦う音が響く。

異端セミニコはしばらく姿を見せていないが、ボルクチンは心配していなかった。

（どうやら王宮騎士どもは、あのイカれた武神によって甚大なダメージを負ったらしい。実に嬉しいプレゼントだね）

だが、王宮騎士たちはいくつかのチームに分かれて行動している。

その中には、あまり傷つかずに攻略している部隊もいた。

ボルクチンはそれを闇の魔力で感知して、思う。

(骨のある騎士もいるようだ。まあ面倒な仕事は他の幹部に任せよう。ボクは、深部で武神と合流し、いち早く力をいただく。うん、実に効率的だ)

ボルクチンは歪んだ笑みを浮かべた。

☆

「はあ、俺は最近ツイていないいな」

無限回廊第十二層にて。

王宮魔術師のマオウは、積み上がった魔物の死体を見上げながら、疑似煙草をスパーっと吸った。

本物の煙草はとうにやめていたが、疑似煙草だけは手放せないでいるのだ。

「突然現れた時は驚いたが、マオウ殿、助かった。礼を言おう」

「礼なんていらねえよ」

マオウの側では、アルカイナが剣にこびりついた血を拭いていた。

ソルヴィによって気絶させられたアルカイナは目覚めると、大量の魔物に囲まれていた。

この層にいた魔物は武神が一掃してしまったものの、他の階層の魔物が血の匂いを辿り、ここまでやってきたのである。

そこへ偶然、マオウが転移してきたのだ。

それから二人は、協力してこの魔物の死体の山を築いたのである。

二人は学園時代の同期である。昔から時にはライバルとして、時には友人としてともに研鑽を重ねてきた仲だ。アルカイナがテロ組織と対峙した時も、マオウが妻子を失った時も、互いに励まし高め合ってきた。今回もまた、そうだった。

マオウが疑似煙草の吸い殻を懐に仕舞うのを待って、アルカイナは口を開く。

「気絶する寸前に、ソルヴィに攫われた王宮騎士ラウラを追って、私の部下であるルエナが地下へ向かったのを見た。私も向かわねばならん。マオウ殿はどうする?」

「……結局地下へ向かうのは同じだ。協力するさ。それにしても、あのちっさい兵士——」

「ルエナだ」

「——ルエナは武神の一撃を躱したのか?」

「ルエナはとうに私を超えている。躱していても不思議じゃないさ」

「まじか……」

(あの兄妹は揃ってどうなってんだ?)

二人は魔物を討伐しながら進んでいた。だが、少ししてその足をいきなり止める。

通路の先から、強烈な魔力を感じ取ったのだ。

「気を付けろ、恐らく敵の幹部だ」

「うむ。相当手ごわいな」

マオウが魔銃を構え、アルカイナが剣を抜く。

通路を進むと、男が一人、立っていた。足元には王宮騎士の死体がいくつか転がっている。

アルカイナは肌がチリつくような錯覚を感じた。

「ハッハア、死の淵へようこそ！　俺様は鎧力ボラック。お前は？　誰なんだ？　早く答えろ！」

その体はまさしく『鎧』だ。全身を金属製の鎧で覆い、身長も五メートルほどある。

そんなボラックは、実のところ機械人間である。痛覚がなく、人間離れした肉体を持つ。そして、
彼が驚異的なのは、それだけが理由ではない。渦巻く闇の魔力と、名誉ある人間を踏み潰すことを快楽とする、嗜虐的な性格も彼を危険人物たらしめていた。

ボルクチンには『野蛮だ』と敬遠されるが、幹部の中でも随一の戦闘能力を誇る。

だが、マオウとアルカイナは、少しも怯んでいない。

「人間捨ててんのか。気持ち悪ぃなあ。俺はマオウ。覚えとけ」

「名乗る必要はあるのか？　私はこれでも神経質なんだ。無神経な質問には答えないようにしている」

恐怖も怯えもない。そんな不遜な態度を見て、ボラックは高揚した。

「ハッハア、命乞いが楽しみだなあ！」

実力者たちは、激突する。

☆

「まったく、最近の兵士はしつこいねえ」

無限回廊第十四層。ラウラを担いで疾走するソルヴィはため息交じりにそう呟いた。

彼女の背後からは大鎌を手に、憎しみと怒りで顔を歪ませた王国軍兵――ルエナが迫る。

数十分前のソルヴィの一撃。それを紙一重で躱したのはルエナたった一人である。

そして、目の前で攫われたラウラを取り戻すべく、ルエナは目に怒りを宿して走り続ける。

「許さないっ……ラウちゃんを返せ……返せッッッ!!」

「ああ、怖いねえ。あたしだって好きでやってるわけじゃないんだよ」

二人の間の距離は一向に縮まらない。

ソルヴィにはまったく隙がなかった。だがそれはソルヴィから見たルエナもそうである。

しかし、ソルヴィは余裕しゃくしゃくといった顔だ。

ルエナは、苛立ちを募らせていく。

「ああ、もう。鬱陶(うっとう)しいなあ。逃げないでよ。ずるいなあ……！」

ルエナは大鎌をぶん投げる。

大鎌は回転しながらソルヴィに向かうが——簡単に躱された。

しかしそれはルエナにとって織り込み済みである。躱している一瞬の隙をついて肉薄していた。

ルエナは力強く一歩、踏み込む。

「ラウちゃん、血は繋がってないし、いいよね」

猛烈な右アッパーがソルヴィの腹に炸裂する。衝撃でソルヴィの背後の岩は砕け、爆発でも起こったかのような轟音が響く。しかし、ソルヴィは顔色一つ変えない。

「な、なんで効かないのっ⁉」

「鍛錬が足りないねえ」

ソルヴィはルエナに向かって横薙ぎに手を振る。

ルエナはそれを間一髪(かんいっぱつ)で躱すが、生まれた気流によって吹き飛ばされた。

直撃すれば体が爆散していただろう。

岩の壁に叩きつけられ、ルエナはただ憎々し気に上を見上げた。

「ま、また一からやり直し……？」

せっかく距離を詰めたのに、また離されてしまったのだ。

どう攻略するかと思案するルエナだったが、その様子を見てソルヴィが突然叫び声を上げる。

「アアアアアアア‼」

「な、何っ⁉　もう嫌だよ、あの人！」

そう言いつつも、ルエナは周囲を見渡す。しかし、何も起こっていない。

ただのかく乱かと判断しかけたが、ルエナは異変に気付き、飛びのいた。

一拍遅れて土埃が上がる。それが晴れると、先ほどまでルエナがいた場所に、長い銀髪をなびかせた、黒いワンピースの女が立っていた。彼女はソルヴィの叫び声を聞いて、駆けつけたのだ。

ソルヴィは去っていく。ルエナは『邪魔者』を憎々し気に睨んだ。

「キャハ、わたしの相手はこのちんちくりんかあ。弱いくせにわたしと同じ大鎌を使うなんて、虫唾が走るわ！」

セミニコの赤い唇が、気味悪く歪む。

彼女は亜空間から大鎌を取り出しつつ、ルエナとの距離を詰めた。

「は、速っ！」

ルエナは慌てて大鎌を振るう。しかし、その先にセミニコはいない。

地中に潜っていたのだ。彼女はルエナの背後の地面から飛び出し、背中を蹴りつける。

ルエナは地面を転がって距離を取り、セミニコがいた場所を向く。

だが、セミニコはまたしても背後に回り込んでいた。再度、ルエナが地面を転がる。

「ウ、ウザッ！　ウザいんだけど！」

「はい、はずれ～！　いつになったら当たるの？　キャハハ」

ルエナは地面を転がりながら、無理やり大鎌を振るう。

すると、セミニコの胴体は両断された。

「あ、あれ？　当たった？」

驚愕の表情を浮かべた彼女の体が崩れる。

ルエナはようやくセミニコを見下ろした。

「ふふんっ、当たるもんねっ！　ばーか！」

ルエナは勝利を確信した。偽りの勝利とは知らずに。

「なんちゃって。遊びはここまでだよん」

セミニコの体はブクブクと泡のように膨らみ、元の姿に戻っていく。

異端セミニコ。彼女もまた人造人間であり、特異なヘドロ状の体を持っていた。

ルエナは「え、えー!?」と面倒くさそうに嘆いた。

目の前の女はゆらゆら体を揺らし、キャハハと笑っている。

（完全に……ルエナを馬鹿にしてるよね？）

ルエナは大鎌を振るう。だがセミニコは液状化して、躱し、地面を通って背後に回り込む。

今度は背後に大鎌を振るう。が、当たらない。セミニコは地面に出た瞬間に、高く飛び上がっていたのだ。

上空から踵落とし（かかとおとし）を受け、ルエナは再び地面を転がる。

姿を晦ませ（くらませ）、一撃を加え、また消え——セミニコはひたすらそれを繰り返す。

ルエナは防戦一方だった。初めて体感する変幻自在の攻撃にまったく対応できない。

(体勢を立て直す余裕すらない！　つ、強い。怖いよ、兄さん)

ルエナの鎌が巻き取られる。『あ』と思った時には痛烈な一撃が入り、ルエナは受け身すら取れず、ゴロゴロと地面を転がった。

「キャハ。なんだ。大したことないね。よ～わ！」

セミニコはそんなふうに嘲笑いながら、ルエナの顔面を踏み、地面にぐりぐり押し付ける。

が、その足をルエナが掴んだ。力を籠める。セミニコの足がポキッと折れる。

「ツチ！　往生際が悪いなあ！」

セミニコが距離を取ると、ルエナはゆらゆらとゆっくり立ち上がる。

立ち上がることはルエナにとっていつだって怖いことだ。しかしそれよりも彼女には嫌なことがある。

(もう誰にも負けたくない……誰が相手でも、弱い自分にも。そうじゃなきゃ、兄さんに顔向けできないよ)

ルエナは亜空間から、再び大鎌を取り出した。

セミニコは、背筋がゾクッとするのを感じていた。

(足がすくんでいる？　こんな小娘相手に⁉)

セミニコは姿を消した。地中に潜り、ルエナの足元から這い出て大鎌を振るう。

彼女の予想では、ルエナはその場所にいるはずだった。だが大鎌は空を斬る。
「『死閃・賽』」
セミニコは空中を見上げた。
そこには、美しく、そして恐ろしい太刀筋の大鎌が待っていた。
「あ、ま、待ってってええええええ」
瞬く間にセミニコはバラバラに切り刻まれる。
賽の目状に細かく何度も何度も何度も何度も何度も。
ルエナはばたりと倒れた。先の技で、全ての力を使い果たしたのだ。
だがセミニコの魔力は――消失していない。
(クソッ、あんなガキに……! 回復には時間がかかる……地下へ。地下へ行こう)
液状化したセミニコは、這い蹲りながら地下へ潜っていった。

☆

結局遺跡を調べてみたものの、追加で情報が出てくるなんてことはなかった。
俺、ドーマはラウネ、ギュルフォンとともに遺跡を抜け、階段を下っていく。
無限回廊第十二層は、随分と暗かった。

ギュルフォンが慌てて光魔術を使うと、ぽうっと光の粒が漂う。

「ぼ、僕、光魔術は苦手なんだ……」

じゃあ使わなければいいのに、ギュルフォンはしゅんと小さくなった。進んで自爆するとは。

「ふふふ、このぐらいの光量の方が魔物に居場所を教えずに済みますよね、先輩」

「もちろんです。流石ギュルフォン！」

「そうかな？　僕、役に立てた？」

流石ラウネ。冒険者ギルド長だけあって励まし方が上手い。

危うく『蛍(ほたる)みたいでステキ！』と頓珍漢(とんちんかん)なことを言うところだった。

先に進むと、徐々に死体が増えてきた。

壮絶な戦いがあったのか、かなりの量の血が床や壁に付着している。

地図を見ると、先に生存者が一人いた。慎重に生存者の反応がある辺りまで歩いていくと——

「ア、アルカイナさん⁉」

アルカイナは壁にもたれるように座り、虚ろな目をしていた。破いた服で断面を縛って止血しているようだが、片腕を失っていて、顔にも大きな傷を負っている。

「ドーマ殿か……すまない。ラウラが攫われ、ルエナも行方知れずだ。私もこんな状態で、役に立てそうにない」

アルカイナは力なくそう呟いた。

彼女の言葉に一番に反応したのは、ラウネだった。

「ラウラが――ラウラが危ないわ！」

「お、おい……ラウネ？」

ラウネは青ざめた顔でわなわなと震えている。

かと思えば勢い良く顔を上げ、通路の先の方へと駆け出していく。

「待て！　一人じゃ危ないぞ！」

だが、ラウネは止まらない。

ふと、涙が零れているのが見えた。

「ぼ、僕が止めてきます！」

「いや、一旦ストップだ」

あせあせと走り出すギュルフォンを止める。ラウネはともかく、ギュルフォンを見失うと大変だ。二度と見つからない気がする。それより優先するべきは、アルカイナの治療だろう。

治癒魔術は苦手だが、片腕を生やすぐらいならば造作もない。

「な、腕が……治っていく!?　ドーマ殿、あなたは一体どれほどの魔術を……」

アルカイナの顔に生気が戻った。良かった……が、顔の傷は治し方がわからない。

見た目に関するデリケートな部分なだけに、俺の大雑把な治癒魔術を施すのは憚られた。

「顔の傷は少し専門外でして……」

「いや、かまわない。再びこの手で剣を握れる。それだけで命を救われたも同然だ」

アルカイナはそう言いながら、修復された腕を握ったり広げたりしている。

顔に傷が残るかもしれないことより、剣が振るえなくなることの方が嫌とは、生粋の剣士だな。

それから俺らはアルカイナからこれまでの経緯を聞きつつ、ラウネを追いかける。

ラウラはソルヴィに攫われ、ルエナがそれを追っている。そして、そのあとアルカイナはマオウと一緒に敵の幹部と戦うことになったようだ。

色々と予想外なことばかり起きている。そもそもラウラとルエナが無限回廊に来ていたことからして、予想外だ。

「マオウ殿はかなり敵にダメージを与えていた。それにしても、あれほどの敵は初めてだ。私はこの通り戦闘不能。マオウ殿はまだ戦っているはずだが……」

幹部か。今のところ俺は回廊の怪物にしか遭遇していないが、そんな奴までいるとは。

そして、噂をすれば影。闇の魔力の高まりを感じる。前方から、何か来ているみたいだ。

のしのしと現れたのは、闇の魔力を身に宿す、クマのぬいぐるみみたいな見た目をした執行官。

「あれは――クマ伯爵。A級執行官。つまり敵だ」

アルカイナが抜刀する。

クマ伯爵はミコットの上司だ。正直あまり戦いたくはない。

「ぼ、僕はどうすればいいかな？」

「お、応援で！」

「ガーン！」

どうやら俺はギュルフォンの扱いが下手らしい。

さておき、クマ伯爵は遅れて俺たちに気付いたようで、キキッと立ち止まる。

「お、おやおや……これはいけない」

クマ伯爵は持っていた杖でドンと地面を叩いた。空気が震え、アルカイナが警戒して距離を取る。

俺も杖を構え、ギュルフォンはぷるぷると隅っこで隠れている。

だが、クマ伯爵は何をしてくるでもなく、落ち着き払った声で語りかけてきた。

「びっくりしたよ。しかし、攻撃はしないでほしい。私は敵じゃないよ」

「信頼できない。貴様は執行官だ」

アルカイナは警戒をまったく緩めていない。クマ伯爵は敵か味方か——確かに判断できかねる。

「ああ、そうだね。じゃあ理由を説明するよ。実は私は、執行官を辞めたんだ。だから私はもうクマ伯爵じゃない。ただのクマだよ」

「クマのぬいぐるみだろう！」

「え？　そこ？」

アルカイナは怒っている。そこの区別は大事らしい。

ともあれ、確かにクマ伯爵……じゃなかった、クマのぬいぐるみは執行官の証（あかし）たるバッジをつけていない。そして殺気も感じない。

俺は杖を下ろした。それを見て、アルカイナもやや怪訝そうではあるが、剣を納める。

「おやおや、良かった。無駄な戦いは嫌だからね」

クマ伯爵——もう面倒なのでそう呼ぶことにする——は陽気に近付いてくると、これまでの経緯を意気揚々と話した。

大司教の罪に気付いたこと。聖女の要請を受け、無限回廊に入ったこと。大司教座で得た情報について。そして情報収集をしていたところ、聖女に背後から話しかけられ、ビックリしたことまで。

「——というわけで、武神の情報はこんなところだよ」

「なるほど。これは大きな手がかりになりますね」

俺はずっと疑問に思っていた。恐らくラウネの話に嘘はない。しかし、本当にそれだけなのだろうか、と。ソルヴィの魔力は雷のようだったが、邪悪ではなかった。

「それにしても……聖女がクマ伯爵を助けたんですね」

「おやおや、君は知っているだろう。彼女の事情を」

確かにそうだが……まあいい。気になることは地上に出てからハッキリさせよう。

「それで、これからクマ伯爵はどうするんです？　一緒に来てくれればありがたいんですけど」

「そうだね……無限回廊の魔族、そして兵士たちを地上へ送り届けるよ。元執行官としての、せめてもの償いだね」

ばらばらに散らばった兵士たちや、遺跡で出会った魔族。

確かに、自力では帰れない彼らを救う存在は必要だ。

そんなわけで、クマ伯爵はノタノタと通路を走っていく。

俺はそれを見送りながら、一層下から湧き出る闇の魔力を感じていた。

「まったく、闇の魔力なんてロクなもんじゃないな」

☆

「ハッハア、しぶとかったが俺様の勝ちだ、マオウ！　その命をいただこう！」

無限回廊第十三層。

鎧力のボラックは勝利を確信し、上機嫌になっていた。

マオウは意識を朦朧（もうろう）とさせながら地面に蹲（うずくま）っている。

（強い。だが、俺がここで死ねば……次はアルカイナだ。なんとか時間を稼いで……）

マオウは戦いの最中にバレないように設置していた地雷を起動させる。

ボラックの足元が吹き飛び、爆風が起こる。S級魔物でも十分吹き飛ばせるほどの威力である。

しかしボラックは無傷だった。闇の魔力で満たされた装甲が、防いだのだ。

「ハッハア、俺様に斬撃も魔術も通用すると思うな！」

ボラックは余裕の笑みを浮かべ、マオウの命を奪おうと腕を振り上げた。しかし一瞬の後、振り上げた腕はちょん切れた。

「――あ？」

腕が地面に落ちた。ゴオンという重々しい音が、岩の壁に反響して鳴り響く。

一つの影が、ボラックの上空を悠々と越える。

その正体は、先ほどボラックが片腕を奪った剣士だった。

「片腕の借りを返させてもらった。ふむ、それにしても斬撃は通用するようだな」

剣士――アルカイナはそう口にして、不敵な笑みを浮かべる。

アルカイナは普段ならば決して到達できない境地に至っていた。千人斬りのアルカイナの異名通り、華麗に舞いながら僅かな隙を突いて、ボラックの体を千度切り刻む。

「ぐ、ぐあああ！　どうなってやがる！　俺様の装甲に傷がつくなんて、有り得ねえ！」

片腕が奪われ、片足が奪われ、鎧をズタズタにされ、ボラックは呻きながら地面に崩れ落ちた。

アルカイナが剣を仕舞う。その横に、マオウが並ぶ。

瀕死状態だった彼の体には、今や傷一つない。

それどころか強力な強化魔術をかけられ、いっそう迫力が増している。

（馬鹿な……この俺様を超える奴がいるなど……早く猊下にお伝えしなければ――）

ボラックはそう考えたところで、意識を失った。マオウが目にも留まらぬ速さで、彼の頭を蹴り飛ばしたのだ。

　マオウは自分の体を不思議そうに見て、アルカイナに問う。

「なんなんだ、これは？　俺もお前も、いくらなんでも急激に強くなりすぎだろう」

「無論、これは私の力ではない。マオウ殿にもわかるだろう、一体、誰の仕業なのかは」

　マオウはボラックの方をちらりと確認する。そこにはいそいそと装甲をへし折りながら亜空間にしまい込む魔術師――ドーマの姿があった。

「……相変わらず規格外な男だ。もう何をしても驚かなくなりそうだな」

　アルカイナも頷く。治癒魔術ももちろん規格外だが、強化魔術はアルカイナでさえ舌を巻くほどだった。普通の魔術師が百人同時に強化魔術を重ね掛けしたとて、これほどまでの効果は得られない。

（それでも基礎的な魔術しか使っていないように見えた。それであのレベルだとは……悔しいな）

　アルカイナは自身の手でそのレベルに到達することを誓い、拳を握った。

☆

　幹部だという鎧の大男は、アルカイナがさっさと倒してしまった。

　先ほどからやけに俺、ドーマを睨んでくるが、もしや初歩の強化魔術しか使えないことがバレたのだろうか。アルカイナほどの実力者からすると『余計なことはするな』って感じなのかな?

それにしても、先ほどから俺の魔力が少しおかしい。やけに調子が良いのだ。普段はちょろちょろと流れている川が、台風が来て大洪水！　みたいな感じだ。

試しに無限回廊の魔物に魔術を使ってみると、凄まじい勢いで爆散した。

まさか俺が無双する時代が来たのか⁉　と背後を見ると、マオウもアルカイナも全然驚いていなかった。

ギュルフォンだけは褒めてくれる。自己肯定感マシマシである。『その程度の魔物で威張るな』と言われているようだ。

そうするうちに、無限回廊の最深部一歩手前の第十九層までやってきていた。地図には、次の二十層目に『泉』があると書かれている。泉——無限回廊の力の源泉ということだろう。

早速道が二手に分かれている。地図を見るが、十九層と二十層は黒い線で塗り潰されたようになっていて、見えなくなっている。闇の魔力による干渉を受けているということだろうか。

マオウとアルカイナは左へ、俺とギュルフォンは右の道へと進むことにした。

二十層目への階段を探していると、戦闘音が聞こえる。

前方には小部屋があり、音はそこから響いていた。

慎重に進むと、濃い闇の魔力を感じる。またか。また幹部か。そろそろうんざりだ。

「キャハハ、あんた弱いねえ！」

敵は国王の寝室で一度見たことのある、黒ワンピースの化粧の濃い女だった。確かクマ伯爵が言っていた。異端セミニコ。特殊な人体構造を持つ、人造人間である。

そんなセミニコと戦っていたラウネは、すでに肩で息をしている。

ラウネの魔力で生成された巨大な植物の蔓がセミニコを捕らえようとする。しかしそれはセミニコの笑い声とともに押しのけられる。

それどころかセミニコはいたぶるように攻撃を仕掛け、ラウネの体力を削っている。

「ど、退いてよ！　邪魔しないでよ！」

ラウネはそう叫びながら再度蔓を振るうが、またしてもするりと躱される。

セミニコは攻撃を避けながらラウネに肉薄し、ラウネの腹に向かって足を振り抜く。

為す術もなく、ラウネは吹き飛ばされた。

実力差は明らかだ。急いでギュルフォンを隠れさせ、魔術層陣を展開すると、セミニコは魔力反応を察知してこちらを見た。だが遅い。

「なっ、アンタ、その魔力は――」

セミニコの言葉を遮って、第八十二層式連立魔法陣『魔龍の舞』を発動させる。龍を象った魔力は、彼女の体を食い破った。

ニコラの鍵が手助けしてくれているのを感じる。魔力が増幅し、際限なく膨張し続けているような感覚だ。先ほどから魔力量が増えているのも、泉の魔力とニコラの鍵の魔力が呼応し合っているからだろうか？

「痛いなあ！　男はこれだから！」

だがセミニコはドロッと体を変形させ、元の姿に戻っていく。

「言っとくけどわたし、死なないから。無限に回復するよ。キャハハ、魔術なんて意味ないもんね！」

「そうなのか？」

もう一度『魔龍の舞』を叩き込んでおく。やはりダメか。

何度も何度も繰り返しやってみる。その間にラウネを回復させた。

「す、凄い……」

ラウネは呆然とそう呟いた。

だが、どれも決定打にはならないようだ。

「ちょ、このサイコパスが!!　やりすぎだって！」

セミニコはまたしても元の姿に戻っていた。うーむ。やり方を変えた方が良さそうだ。

催眠は効くのだろうか。七十一層式の『夢幻霧中』を使おうとすると、セミニコは慌てて叫んだ。

「ちょっと待って！　わたしより遥かに悪人がそこにいるけど、いいの？」

セミニコはラウネを指さした。

ラウネはばっと顔を上げる。思わず俺も手を止めた。

「わたしは知ってるんだ！　そこの女、ラウネの正体をね！　ドーマ、アンタは知ってるの？　ねえ、あの女はね、実の妹を――」

「やめてっ!!」

ラウネは叫んだ。悲痛な叫びだった。セミニコは口角を上げる。実の妹……ラウラのことだ。

「キャハハハ、この女は実の妹に呪いをかけたのさ！　妹を弱らせておきながら知らんぷりして、悦にいっていたんだよ！」

「呪い……？」

ラウラの呪い――それはラウラがローデシナに左遷された原因である。

対象を弱体化させる呪いだったのだが、最終的に俺が解いた。

それをかけたのは、ラウネだったのか。

「ち、違うの……違う、違う」

ラウネは顔を青白くして、震える。目の焦点が定まっていない。

「キャハ、何も違わないね！　そうだろう悪名高い十二使徒のティアー！　全部知っているのさ！　アンタが善人の演技をし続けていたことはね!!　そのせいで妹は苦しんでいたのに！　良い姉の演技は楽しかった？　その裏で人殺しをしていたなんて知ったら……妹が可哀想！」

「違う……違う……」

ラウネはその場に膝をつく。

何か言いたかった。だが、何も言葉が出てこなかった。真実がわからなかった。ラウネは一番にラウラを想っていたはずだ。

とはいえ、ラウネが十二使徒だと聞いても、さほど驚かなかった。だって、十二使徒とラウネの目的は一致している。魔族を救うことだ。

ラウネとラウラの母親は回廊の力――因子をその身に宿している。それはつまり、彼女が魔族であることを意味するのだ。ということは、その娘であるラウラとラウネも同様に魔族だと言える。

それを踏まえて考えると、ラウネはラウラのために十二使徒になったとしても不思議じゃない。

セミニコは、なおも煽るように叫ぶ。

「アンタは嘘つき。アンタは人を殺す悪魔。アンタは自己に陶酔する臆病者だ。惨めな奴だね！誰もアンタを信じていない。アンタは独りぼっちだ！」

木の枝が地面から生え出てきて、ラウネを囲む。

ラウネの魔術だ。もう何も聞きたくないという意思表示なのだろう。

「キャハハ、いい気味だ。ねえ魔術師、まずはそいつを断罪してからじゃないの？」

「いや、先にお前を片づける」

「チッ！　なんでよ！」

再び俺は魔龍の舞でセミニコを削っていく。

少しして、再びセミニコは叫んだ。

「降参！　降参するよ！　回復するとは言ってもちゃんと痛いんだって！　アンタみたいな異常者

と戦うのは、死ぬより嫌！　最悪よ！」

い、異常者だと⁉

ちょっとショックだったが、降参するなら戦う必要はないか。

きちんと地上で裁かれてもらおう。セミニコがとぼとぼと歩いてくる。

「なんつって。油断したね！」

「うおっ」

突如セミニコは大鎌を振るった。俺の体はすっと両断される。

「馬鹿な男！　降参なんてするわけないでしょ？」

セミニコはキャハハと笑い、ラウネに向かっていく。俺はその肩を掴む。

「卑怯な手ばかりだな、お前は」

「――な、なんで生きてるのよ！」

セミニコは飛びのいた。なんでと言われても、生きているから生きている。理由などない。

「降参はしないんだな？」

「化け物め……！」

今度は化け物……⁉

流石に俺だって怒る。セミニコの攻撃を結界魔術で防ぎながら、魔法陣を一瞬で展開する。

その魔法陣の層の数は、九十を超える。

「『魔龍の相』」

巨大な魔力の龍が顕現する。うちに秘めた高濃度の魔力が眩く光り輝き、闇の魔力を打ち消していく。これは、俺一人の力では到底実現できない魔術だった。ニコラの力の鍵、そして――やけに調子が良くなければ、発動できなかったろう。

魔龍の相は、ただそこに存在するだけでセミニコの体を焼き尽くしていく。

ヘドロの体は崩れて――再生しない。

「な、なんで再生しないの！」

「改造されてヘドロのような体になったということは、人間の手で元に戻せるってことだ」

「……は？」

先ほどセミニコの肩を掴んだ時に、再生機能と溶ける能力を消去しておいたんだ。

セミニコの表情が、絶望に歪む。

「ま、待って！　死にたくない！　死にたくないの！　助けて！」

セミニコの悲痛な叫びとともに、セミニコの記憶が俺の脳内になだれ込んでくる。

小さい頃から虐待を受けていた。ただ容姿が醜かったという、それだけで。生きるために体を売り、盗み、殺し……なんでもした。そんな中、大司教に拾われた。人造人間となって人の体を捨てた。しかし、そこまでして得た体すら、汚く醜いヘドロだった。

「ただ、綺麗に生きてみたい」

綺麗な服装で、綺麗なベッドで、綺麗な世界で。

ヘドロの汁を滴らせながら、セミニコは心の底からの言葉を紡いだ。

「そうか。俺には関係ないな」

彼女は確かに恵まれていなかったのかもしれない。それでも多くの人間の命を奪ってもいい理由にはならないだろう。

魔龍はセミニコを消し去った。

それを確認してから、俺は強引にラウネの防御壁をこじ開けた。ラウネは泣きじゃくっていた。目を腫らし、蹲る姿は普段の凛とした姿からは想像できないくらいに子供みたいだ。

「大丈夫ですか?」

「……違うの……私も苦しかった……毎日……苦しかったの。魔族狩りが盛んな王都から逃がそうとしてのことでも、嘘をつくのは……辛い」

「それを釈明する相手は、俺じゃないでしょう? 伝えるべき相手が、他にいるんじゃないですか?」

ラウネに手を差し出す。ラウネはこちらを見上げ、洟をすすった。

「でも、ラウラに合わせる顔がないの」

正直ラウネの気持ちを正確に理解するなんて、できない。だが俺はラウラの気持ちならわかる。きっと真実を聞いたら、改めて姉妹になりたいと思うはずだ。兄弟や姉妹ってそういうものだろう。

「――実は俺もです。二人でラウラに謝りに行きませんか？」

そう告げると呆気にとられながらも、ラウネはいつも通りに微笑む。

意図が伝わったのか、単純に呆れたのか。だが今はどちらでもいい。

「ふふっ、相変わらずですね、先輩は」

「それ、褒めてます？」

ラウネは肩を竦めてから涙を拭き、立ち上がる。

遠くからギュルフォンがとっとこ歩いてくる。何やら興奮気味だ。

「階段だ！　階段があったよ！　僕が見つけたの！」

ギュルフォンの案内で、階段の前まで行く。

下層フロアからは、ソルヴィの強烈な魔力を感じる。

「……おばあ様が待ち構えてますね」

……世界一下りたくない階段だ。

10

無限回廊、最下層。

この階層は、大きな広間の中央に小さな泉が湧いているだけの、シンプルな構造だった。

ギュルフォンによると、無限回廊が二百年前にできた当初は、泉には清らかな魔力が満ちていたらしい。王国建国に用いられていたのも、その聖なる魔力だった。

しかし今は黒く濁った闇の魔力で満たされている。二代目の無限回廊の怪物はその魔力に当てられ、使命もなく、ただ回廊を訪れる者を排除するために動く本当の怪物になってしまったのだ。

ボルクチンは、満足気に微笑む。

闇の魔力は万能である。その魔力の前では、どんな魔術師も剣士も太刀打ちできない。

「そうだろう、王宮騎士シャーレ。結局勝つのは、選ばれた方だ」

ボルクチンはすでに意識を失ったシャーレに語りかける。

シャーレが最下層に辿り着いたのは、つい数十分前のことだった。

練り上げられた闘志に、不屈の瞳。姿を一目見ただけでソルヴィは彼を認めた。

そして勝負は数回の攻防の後、僅かな時間で決した。

ソルヴィはその体に受けた一撃を満足げに見つめた。

「いい剣士だね」

だがいい剣士でも、勝たなければ意味がない。

シャーレは闇の魔力を持っていない。だから負けたのだとボルクチンは断定する。

泉は、まもなく満たされる。新月が昇り、その僅かな光が満ちた泉に反射することで、回廊の怪物は死ぬ。そして、ラウラを新たな怪物とする。

新たな回廊の怪物が誕生するたびに、無限回廊はその力を増幅させてきた。そうして生まれたエネルギーで全てを呑み込む──それが、大司教の計画なのだ。

「何も計画は狂っていない。王宮騎士も片づけた。なのになんだ、このスッキリしない感覚は」

ボルクチンはうろうろと歩き回る。

その時、上層にあった闇の魔力が消滅した。

(ボラックがやられた……誰に？　ソルヴィと同格の防御力を持つ男だぞ)

ざわざわとボルクチンを不安が襲う。

そして僅か数十分後、またしても闇の魔力が消えた。たった一つ上の層だ。

(セミニコの回復能力を凌駕した……誰だ。誰が上にいる？)

回廊の怪物は──遠ざけている。

クマ伯爵が戦力外になることはボルクチンにとっては織り込み済みだったが、最高幹部が二人もやられるとは考えていなかった。

(ここにきて手駒を失うとは。猊下にお伝えする術もない──が、問題はないじゃないか。武神がいれば何もかもひっくり返せる。他の幹部は結局、選ばれなかっただけだ)

一方で、ソルヴィは広間の片隅で、鎖で縛られたラウラの様子をじっと眺めていた。

ラウラはとうに目覚めている。ソルヴィはラウラに優しく語りかけていた。

「ラウラ……お前の母は実に聡明だった。生まれは孤児だったが、魔術の才能にあふれていたんだよ。お前の姉みたいにね。でもお前の母は聡明すぎたんだね。そこも――ラウネ、あの子によく似ている」

「おねえちゃんに？」

「そうだよ。お前の母みたいに秘密主義で意地っ張りだ。そして、勝手に背負いたがる。あたしの前でも正直になりやしない。ラウラ、正直になるには後押しがいる。……時折ね。あんたは姉の背中を押してやりなさい」

「うん。おばあちゃんは？」

「あたしの時代はもう終わったんだ」

ソルヴィはすくりと立ち上がる。

そして上層から二人、下りてくる。

ボルクチンは、ソルヴィに命令した。

「邪魔者を片付けてこい」

「ああ、全部終わらせるさ」

そう小さく呟いてから、下りてきたドーマたちに、ソルヴィは言う。

「生き残りたきゃ耐えるんだよ。この拳骨にね！」

そうして山をも砕く一撃――粉砕拳骨が放たれた。

☆

最下層に下りた瞬間にソルヴィが攻撃を仕掛けてくるだろうことは、わかっていた。

故に俺、ドーマは持ち得る全てを駆使して、最初の一撃を防ぐことだけを考えていた。

集中する。魔術の基本は集中すること。そして無になること。

ただ無心で魔術を組み上げていく。

ニコラの鍵が熱く光った。ニコラはどこからだって力を貸してくれる。

魔法陣を重ね、重ね、重ね——ついに、百層を超えた。

気付けば俺は魔術の極致——その入り口に立っていた。何もない真っ白な世界だ。

だが俺の前には、金色に光る線が引いてある。向こう側にはぼんやりと二人の姿が見えた。エリナーゼと師匠の姿だ。進めば彼女らに並び立つことができる。だが、進めばもう戻ってはこられないだろうと、なんとなくわかった。

耐え難い欲望が己の内側から湧き出るのを感じる。背中が熱い。無意識に足が前に出る。俺がずっと望んでいた世界だ。進んで何が悪い。

だが、俺は足を止めた。自分でも何故だかわからない。しかし、その理由はすぐに判明した。誰かが俺の手を掴んでいるのだ。透明感のある薄い桜色の髪と瞳。ラウラだ。ラウラは俺に言った。

「自分の力で行かなきゃだめ」

そうだ。この力はエリナーゼの力だ。危うく、俺も力に呑まれるところだったのだ。

意識が、覚醒する。

そして、暴れ狂う百層の魔術をそのままぶつけ、ソルヴィの一撃をどうにか防ぎ切った。

ソルヴィの奥に、驚愕の表情を浮かべる、白髪の男の姿が見える。

なるほど、こいつがボルクチンか。

俺はそのままの勢いでソルヴィにありったけの魔力を叩きつけた。

雷鳴より大きな地鳴りの音が、大広間に響き渡った。

やがて――ソルヴィは、地面に大の字で仰向けになっていた。

「負けたわい」

ソルヴィはそう一言だけ呟いた。

「ば、馬鹿(ばか)な！　武神が負けるはずは……有り得ない！」

最下層は闇の魔力で満ちていた。俺を見るなり、ボルクチンは怒気を込めて魔術を放ってくる。

闇の魔力を含んだ悪意の塊だ。だが単純で、深みがない。

相殺(そうさい)する。しかし、ボルクチンの姿が見えない。

――背後だ。

振り返ると、ボルクチンが喉元目掛けて斬りかかってきていた。俺は、剣を歯でキャッチする。

パキンと剣は折れた。魔術で強化した歯は金属をも凌駕するのである。

「お前も武神と同類かっ……！」

ボルクチンは憎々し気に声を上げると、距離を取る。そして焦ったように命じる。

「ソルヴィ！　何をしている！　早く装置を起動させて怪物を創るんだ！」

「嫌だね」

「何……⁉」

ソルヴィはむくりと起き上がる。

そして優しい微笑みをラウネに向けると、ボルクチンに言い放った。

「大体、あたしは初めからラウラを怪物にする気なんてないよ。孫にそんなことをするわけないじゃないか」

「な、何を言っている⁉　話が違うぞ！」

「いいや。あたしは最初から全てを清算する気でここへ来たのさ。断罪されるのはあたしだ。初代の怪物を殺したあの日、全て終わるべきだったのさ」

「何を今更……！」

ボルクチンがソルヴィの方を向いたので、俺は背後から杖を突き付けた。形勢逆転である。

「動くなよ。消し炭になりたくなきゃな」

「貴様……！」

ボルクチンはわなわなと震えたものの、諦めたのか大人しくなった。

それを見て、ラウネが一歩前に出る。

拳を握りしめながら、しかし努めて冷静に問う。

「おばあ様、今のってどういうこと？」

「あんたにとって、辛い話になるかもしれない。それでも聞くかい？」

「もう覚悟はできてます」

ラウネは頷く。その表情には、もう迷いなどなかった。

「そうかい……」と呟いて、ソルヴィはラウネとラウラに向けて、二十年前の真相を淡々と喋り始めた。


二十年前、特級執行官であったソルヴィは無限回廊に入り込み、最初の回廊の怪物——初代国王のエルシャを殺した。より強大な力を得て、王国を守るために。

当時は帝国と戦争状態にあり、無限回廊の力がどうしても必要だったのだ。

無限回廊は、回廊の怪物を倒し、新たな怪物を誕生させることでより力を増すと言われていた。さらに言えば、怪物がいなければ無限回廊は崩壊し、王都そのものが崩れてしまう。つまり、無限回廊を本質的に司っていたのは回廊を構成するエリナーゼの力ではなく、回廊の怪物の方だったのである。

武神は、怪物にならなければならなかった。

しかし力への欲望、そして死への恐怖から一瞬躊躇（ためら）った。

常に全力で研鑽し、『積み上げること』を続けてきた彼女にとって、今まで培ってきた全てを捨てるという決断はあまりに難しい。

その一瞬の葛藤（かっとう）のうちに、ソルヴィの弟子――ラウラとラウネの母は、決断したのだ。

「あの子はエリナーゼの因子を所持していた。所持している限り、いつかは子供に遺伝してしまい、命を狙われ、重い使命を負う羽目になる。因子は神にでも悪魔にでもなるのさ」

ソルヴィはそう話を結んだ。

二人の母は、因子を背負ったまま、回廊の怪物になることを選択した。二人が何不自由なく暮らせるよう、最強の武神を残して。不死身の怪物であれば、因子は遺伝せず、幼い姉妹は狙われない。

そんな想いから、回廊をさまよい続ける怪物になったのだ。

「そんな……お母さんは……私たちのために怪物になった……そんなわけ……」

ラウネは掠れ声でそう呟く。それからラウラを見て、俺を見る。

そしてもう一度正面を見た。

ソルヴィはゆっくりと頷く。

「母はお前たちを愛していたのさ。自分の命よりもね」

「くだらないな！」

唐突に、ボルクチンが叫んだ。

杖を後頭部に押し当てると、『やれるもんならやってみろ』とばかりに俺を睨みつけてくる。

「全て欺瞞だ。結局お前たちの母親は怪物になり、その婆さんが力を独占しているんだぞ。全ては力に溺れた婆さん、お前が始めたことだろう！」

「ふん、その通りだね」

ソルヴィは呆気なく認めた。だがその言葉に力はない。

「あたしは戦士として終わるべきだった。弟子を犠牲にして、欺瞞と欲にまみれた悪が、生き永らえてしまったのさ」

ソルヴィは空を見上げ、そしてラウラの方に歩いていくと、その手を握った。

「あたしは消えるべきさ。ラウラに全ての力を引き渡してね。最初からそうするつもりだったのさ。それがお前たちの母を犠牲にした――せめてもの償いだ」

「いらない」

ラウラは真顔で言い放った。

ソルヴィが固まる。

俺は思わず噴き出した。

「な、何を言っているんだい！　お前の母の力だ。ラウラには受け取る権利があるんだよ!?」

「別にいらない。わたしはじぶんで強くなるから」

ラウラは淡々と言い放った。

「本当にいいのかい？　武神の地位も手に入るんだよ」

「じぶんの力も、わたしの生き方も、一人で決めるから心配しないで」

「そ、そうかい……」

ソルヴィは渋々頷いた。

「きっとお母さんも、そうだった」

ラウラは何も考えていないようで、ちゃんと考えているのだ。他人が口出しし、お節介を焼く隙なんて最初からなかった。最強の武神でもそこは見抜けなかったようだ。

ソルヴィはすっかり当てが外れたとばかりに「そうかい。ああ、そうか。そうかい」とモゴモゴと口にしながら固まっている。

「な、なんだ、この茶番は……ボクの計画が……いや、まだ闇の魔力を満たせば——」

ボルクチンはまだ足掻（あが）こうとしていた。だが、すでにそちらも対策済みだ。

「ドーマ君、終わったよお～」

「なっ、誰だお前は！」

こっそりあとから最下層に降り立っていたギュルフォンが装置を設置したおかげで、闇の魔力はどんどん減少している。ボルクチンもまた固まった。

その隙に杖を持っていない方の手で風の刃を放ち、ラウラを解放する。

鎖を断ち切った途端、ラウネは号泣しながらラウラに駆け寄り、抱き着いた。

「ごめんねラウラ、ごめんね。呪いをかけたのはお姉ちゃんなの。ずっとずっと、嘘ついててごめんね」

「そうなの？」

「苦しかったよね。辛かったよね。ごめんね。ごめんね」

「おねえちゃん、大丈夫。わたしはおねえちゃんが好きだよ」

「私も……私もラウラが好きよ」

ラウラはラウネの髪を優しく撫でていた。今だけは、姉妹が逆転している。ラウネはおいおい泣いている。もはや闇の魔力ではなくラウネの涙が回廊を埋め尽くしそうなくらいだ。

ラウネはひとしきり泣いたあと、俺の服で洟をチーンとかみ、もう一度ラウラを抱擁（ほうよう）する。い、今だけは許してやろう。

ラウラと目が合う。顔を合わせるのはあの時以来——俺がラウラを泣かせて以来だった。うっ、偉そうにラウネに色々言った割には俺も言葉が出てこない。ラウラはじっと俺の言葉を待っている。

その時だった。

ボルクチンが自らの心臓を短剣で刺した。全員が一瞬、呆気にとられる。

「闇は……闇は闇の中で力を増す！　闇は眠らない。これまでも、そしてこれからも——」

嫌な予感がした。急いでラウネとラウラを立たせ、ギュルフォンを回収する。

ボルクチンが水たまりの中に水滴が落ちる時のように、地中に消えた。

その瞬間、その場所から大量の闇があふれ出した。ひどく濁った、高濃度の闇の魔力だ。

試しに触ってみると、俺の体が干からびた。

「うわあ！　何しとるんじゃい！」

ソルヴィが慌てて後ろに引っ張ってくれたので、治癒魔術で体を元に戻す。

俺は叫ぶ。

「触ったらダメだ！　みんな、退避するぞ！」

洪水のように闇の魔水（ますい）はどんどんあふれ出してくる。悪意、憎悪、怒り、悲しみ、病、災厄、そして死。全ての負の力を包括した闇が波となって押し寄せる。

全員で階段を駆け上がる。ソルヴィはいつの間にか気絶したシャーレを回収していたようで、肩に担いでいた。

「ありゃ、あたしでも敵わん」

すぐに最下層は闇の魔力で覆われた。それどころか、上のフロアまでどんどん浸食してくる。

「ここに光はない！　闇を倒すことはできない！」

押し寄せる魔力から、ボルクチンの声が聞こえる。闇と一体になっているのだ。

闇の魔力に触れた魔物たちは、次々におぞましい悲鳴を上げて死んでいく。

クマ伯爵はどれぐらい回収できただろうか。ルエナは——

「貴様らは無限回廊からは出られない！　闇の魔力に呑み込まれて死ぬがいい！」

ボルクチンが叫ぶ。

出られない？　まさか、出入り口を塞がれているのか⁉

わからない——が、なんにせよ時間を稼ぐ必要がある。

「『魔龍の相』」

高密度エネルギーをぶつけ、闇の魔力を一時的に押しとどめる。

その間にソルヴィがみんなを担ぎ、凄まじい速度で駆けていく。

そこに、血まみれのマオウとアルカイナが合流した。

左の通路でも、激しい戦いがあったんだな。

「ドーマ殿、手伝えることはあるか？」

アルカイナの言葉を聞き、俺はすぐさま言う。

「一人でも多く、上へ運んでください！」

二人は頷き、駆けていった。

……正直しんどい。魔力がもうすぐ尽きそうだ。だが、一秒でも長く——

「わはは！　わはは！　闇が全てを……闇が……ヤミガ——」

ボルクチンは自我を失いかけていた。当然の報い(むく)だ。力に呑まれた人間が迎えるのは、哀れな末路である。

闇の魔力がうねる。俺も一度撤退する。一人でこれに抗い続けるのは、無謀だ。

俺の魔力には限りがあるが、闇の魔力は最下層からどんどんあふれてくるのだから。

「待たせたね。ここはあたしに任せて、お前も上に行きな」

気付けば、ソルヴィが隣に立っていた。

ブウン！

彼女が腕を一振りしただけで、目の前の闇の魔力が消滅した。とんでもない婆さんだ。

「一人でここを……？　まさか死ぬ気ですか？」

ソルヴィは戦士として死にたがっていた。

元々ラウラに力を渡し、自分は怪物となるつもりだったのだろう。

「あたしは……闇の魔力を取り込んじまった。もうあたしは上には戻れない。この手は孫を撫でるには、汚れすぎているんだよ」

ソルヴィはそう言った。ずっと後悔していたのだろう。だが、それは違う。

「あなたは闇の魔力を手にしていない。ただの勘違いだったんです」

「なんだって？」

「クマ伯爵によれば、大司教はただでさえ強い武神には闇の魔力を与えていなかった。与えるつもりは最初からなかったんです」

「本当かい？　じゃあ、この力は一体……」

「鍛錬の結果、そうでしょう？」

ソルヴィの力は全て自力だ。つまり、思い込みで無限に強くなっていたのだ。そう、クマ伯爵が言っていた。有り得ない……が、この婆さんなら有り得てしまうのではと思えるほどに、ソルヴィからは鍛錬の跡を感じる。

「それに……待っている人がいれば、いつだってやり直せますから」

「……ふん、知ったようなことを言うんじゃないよ。まるで、あたしが本当に死のうとしているみたいじゃないか」

誤解は解けた。ラウネとの関係だってこれから再構築すればいい。

ソルヴィがここで死んで喜ぶ奴など、ボルクチンぐらいだ。そんな奴を喜ばせてどうする。

ソルヴィの顔は晴れた。パンチで闇の魔力を消し飛ばしながら、言う。

「どちらにせよ、お前は上へ行きな。ドーマ――あんたが死んだら、本当の決着がつけられないからね。帰ったら、本当にラウラを任せるに足る男か、改めて見定めさせてもらうよ！」

にやりと笑うソルヴィ。俺は頷き、ソルヴィを背に走り出す。

もう心配はないだろう。無限回廊を上へ上へと駆け上がっていく。

十層に辿り着いた。

嫌な予感がする。この層に奴——回廊の怪物がいると、俺の直感が告げている。

少し走ると、怪物と誰かが戦っているのが見えた。

怪物と戦っていたのは、ラウラとルエナだった。

ルエナは相当な傷を負いながらも、必死にラウラについていっている。

「兄さんだ！」

俺に気が付いた途端にくるりと回転すると、ルエナは俺に抱き着く。

ボロボロになっていたので、治癒魔術を施すと、嬉しそうにはにかんだ。

「えへへ、ルエナ頑張ったよっ！」

「天使か？」

そんな中、俺とルエナ目掛けて怪物は突っ込んできた。巨岩が粉砕される。

慌てて躱し、ラウラも回収して、別の岩の陰に隠れる。

怪物はきょろきょろと周りを見渡していた。

ふとラウラが俺の手を握る。澄ました顔をしているが、少し緊張しているようにも見える。

その表情を見て、俺はようやく心を決めた。

俺は両手でラウラの両手を包み込み、しっかり顔を見て告げる。

「ラウラ、ごめん。あんなことを言うつもりはなかったんだ」

「ドーマ……」

二人の目と目が合う。

「えっ、何っ⁉　急に何っ？」

ルエナがぎょっとしている。

妹には悪いが、今はスルーだ。

ラウラは首を横に振った。

「ちがう。いつもドーマはわたしをたすけてくれた。わたしはお礼がいいたい」

「お礼なんていいさ。美味そうにご飯を食べて、泣かないでいてくれれば、それでいい」

ラウラはこくりと頷く。それを見て、ルエナが興奮気味に言う。

「ここでプロポーズ⁉」

「ルエナ、いい加減にしなさい」

「え〜ルエナ、ラウちゃんなら兄さんの腕ぐらいあげるよ？」

「腕をもらってもこまる」

「そういう問題？」

そうこうして騒いでいたからか、怪物は俺たちを発見したようだ。

聞いただけで身震いするような声を上げ、俺らが隠れている岩に突っ込んでくる。

岩陰から一斉に飛び出す。

そうだ、まだラウラに一番伝えたいことが残っていた。

「ラウラ、一緒に側で戦ってほしい」

ラウラは、暗い部屋に差し込む薄日のような温かな笑顔で、言う。

「――まかせて！」

それからラウラは、回廊の怪物さえ圧倒した。

姿が消える。かと思えば、光姫にふさわしい閃光が洞窟に走る。

怪物は全身から触手と棘を発射し、ラウラの剣戟に対抗する。

音が遅れて聞こえてくる。爆風がかすめ、火花が目にちらつき、頭がくらくらする。

ま、まるで見えない。

「愛の力だねっ！」

ルエナがにんまりと笑ってこちらを見てくるが、そんなことよりも援護だ。

ラウラが負けるとは思えないが、それでも怪物を倒すには何か決定打が必要である。

魔龍を怪物のどてっぱらに叩きつけ、ルエナが大鎌で触手を刈り取る。

……これでもダメか。怪物には勝てない……だが、勝つ必要もない。

「二人とも下がってくれ」

集中する。先ほど、魔術の極致に至った感覚を思い出せ。

これまで培った全てを発揮し、混ぜ合わせ、繋ぐ――それでも九十層が限度だった。

「すごい」

隣のラウラの言葉で我に返った。そうだ。百層まで重ねる必要は必ずしもない。

俺は、そうして九十層の魔龍を怪物にぶつけ、次いで天井を崩落させる。

「これで少しは時間を稼げるだろ。行こう！」

きっと無限回廊の出口には戻れるだろう。

だが依然、懸念はある。回廊の出口が塞がれている可能性が大いに高いのだ。

「サーシャがなんとかしてくれる」

ラウラは迷いなくそう言った。そう、全員助かるかは、彼女にかかっている。

☆

首席魔術師オーウェンは一人、新月の夜を過ごしていた。地下で何が起こっているかは知っている。大司教が悪事を働いていたことも。

それでも、見て見ぬふりをすることが自分にとって都合がいいと考えていた。

いつも通り、オーウェンはコーヒーを淹れる。彼の手はカタカタと震えていた。それでもやっとこさカップを机に置き――帝国皇女サーシャが近くに腕を組んで立っていたことに気付く。

「やあ、こんな夜に何の用ですか？　淑女が軽率な行動を取ると、変な噂が立ちますよ」

「構わないわ。噂はただの噂でしょ？」

サーシャはオーウェンの目の前にズカッと座る。

下手な誤魔化しは通用しそうにないと、オーウェンは悟った。

「回廊の鍵を取りに来たのですか?」

「やっぱり、持っているのね」

「ええ。とはいえ、実体はありません。僕の意志が、鍵です」

これで無理やり奪われることはないはずだと、オーウェンは思う。

だがサーシャは単に、疑問をぶつけた。

「どうして先生――ドーマを拒絶するのよ。庇(かば)ってもらったはずでしょ? 彼を恨むのは、筋違いだわ」

「別に拒絶していませんし、恨んでもいませんよ。そんな資格、僕にはありませんからね」

実際、オーウェンがドーマに抱く感情は憎しみとはかけ離れていた。嫌いなわけではない。なんせ、自分のために頭突きまでしてくれる人なのだから。

「そう。あなたは怖いのね。先生と比べられることが。自分を凡人だなんて卑下する癖に、本心では正面からぶつかるのが怖いんだわ」

「――あなたに何がわかる!!」

思わずオーウェンは立ち上がった。

声を荒らげてしまったことに、本人が一番驚いていた。我に返り、オーウェンは座り直した。

「失礼しました。しかし、なんなんです？　皇女殿下とはいえ、そこまで言われる筋合いはありません」

「いいえ、あるわ。あなたは先生の命を握っているもの。地上でのんびりコーヒーを飲んで、知らんぷり。実に卑怯ね。先生が守った首席魔術師って、そんな価値しかなかったのね」

オーウェンは拳を握る。そんなことは、言われなくても百も承知だった。幼少期から必死に努力し、魔術で人を幸せにする――そんな夢を描いて下積みも研究もこなしてきた。誰もが認める記録装置の開発をはじめとした実績を挙げ、やがて王宮魔術師のトップにまで上り詰めた。

しかし、夢にまで見た首席魔術師――その座に座ったオーウェンが見た景色は、理想とかけ離れたものだった。天才の後釜（あとがま）という地位は、あまりに重かった。

「あなたたち『もっている』側の人間にはわからないでしょうね」

オーウェンは懐から、記録装置を取り出す。ドーマから渡された装置だ。オーウェンが持てる全てを注ぎ込んだ、自らの分身のような装置。だがそれは、天才によっていとも容易くアップグレードされていた。『改良版』記録装置を手に、オーウェンは嘲るように笑った。

「僕はただの下位互換だ。僕みたいな存在は山ほどいる。だから僕たちは地位に――大司教のような大きな幹（みき）にしがみつくしかないんです。僕はドーマさんみたいな立派な木にはなれないから」

サーシャにとって理解不能な感情だ。しがみつくしかないのではなく、ただ一人で立つ勇気がないだけなんじゃないかとすら思う。

しかし、それをそのまま言ったところで、オーウェンが意固地になるだろうことは想像に難くない。それよりも、まずサーシャには訂正したいことがあった。

「――別に先生だって一人で立ってるわけでも、天才なわけでもないわよ。その記録装置、中身は見ていないのかしら？」

「中身……？」

魔法陣ばかりに気を取られ、オーウェンは中に何が記録されているのかを確認していなかった。

オーウェンは装置を作動させる。すると、映像が流れ始めた。

「これは……ドーマさんの部屋？」

「わ、私がお願いしたのよ。普段の様子を見たいって」

サーシャは顔を赤くするが、オーウェンは映像に夢中でまったく気が付いていない。

映像はローデシナのドーマの部屋を映していた。大量の紙束に未完成の魔法陣、机の上で苦悩しては実験し――爆発。四肢がもげる様子。毎日魔法陣を解析しては驚き、興奮し、ただただもっと便利にと、魔法陣を何日も何日もかけて改良しているドーマの姿。

ただの一度も、ドーマは余裕たっぷりな表情を浮かべていない。

毎日呆れるほど魔術のことを考えているのだ。

それは、王宮魔術師団に入りたてのオーウェンの姿と重なる。

（同じなんだ。わかっていた。わかっていたはずなのに……僕は目を背けていたんだ）

オーウェンは言葉を失う。いつの間にか初心を忘れてしまっていた。首席魔術師になることが目的だったのではない。凡人として天才と戦うことが目的だったのではない。

「僕はただ、人の役に立つものを作りたかっただけなんだ」

オーウェンは、ぼそりとそう呟いた。

11

無限回廊の出口が開いた。

全員が地上に這い出る。ギリギリまで闇の魔力が迫っていた。

俺、ドーマはほっと息を吐く。

……危なかった。脱出すると、闇の魔力の中から恨めしそうな声が響く。

俺の懐から無限回廊の地図がポロリと落ち、その中へ落ちていく。

闇の魔力は一斉に浄化されていき、無限回廊が閉じられる。

地図が、自らの意志で無限回廊に戻っていった——そんな気がした。

あの地図は、エルシャが描いたものだったのだろう。ニコラの鍵と同じく、エリナーゼの因子が宿っていた。それが、無限回廊をあるべき姿に戻したのだ。

戦後処理とも言うべきものが始まる。

王宮騎士と王国軍兵の数が、随分減っている。それでも、王国は危機を脱した。

治癒魔術で生存者を回復させていると、聖女が笑顔でやってきた。

側の兵士が大司教を引きずっている。どうやら大司教は回廊の力を失ったらしい。

「イリヤ……十八年前、お前をこの手ですくい上げた。その恩を、こんな形で返すとはな」

大司教は悪態をつく。だが聖女は微笑んだまま。意にも介していない。

それどころか大司教の頬に手を添え、哀れみの言葉を述べた。

「ああ猊下。何たることでしょう。闇に惑わされ、誤った道を進まれるとは……しかし主は、猊下を許しておられますよ」

「……」

暗く濁っていた大司教の目が、正常に——いや、やけに神々しい光にあふれた目に変わる。

「わたしは、全てのひとを、すくいたい」

「まあ、猊下が正気を取り戻しました！」

それは正気なのか……？　ともかくこれで一件落着……なのだろうか？

しばらくすると、サーシャがやってきて、土まみれの俺たちを纏めて抱きしめた。

しかし、すぐさま俺たちから離れて「臭いわ」と口にする。

それからは宿に帰り、風呂祭りが始まった。シャーレは消化不良なようで、何故か風呂相撲をする羽目になり、俺が全治三日の怪我をしたのはまた別の話だ。

数日後の昼、俺は国王に呼び出され、再び彼の物置き——もとい、寝室へ赴いていた。

国王はその後の顛末を話してくれる。

まず彼は、幹部たちに弱体化の魔術をかけられて弱っていたものの、無事快復したようだ。ソルヴィは大司教の監視役に復帰し、執行官は少なくとも王国内では、悪事を働いた魔族のみを捕まえる方針になったらしい。

そこまで話し終えると、国王はおもむろに俺に小瓶を渡す。

「これは？」

「それはもう下半身が凄いことになる薬でな。『英雄色を好む』と言うだろう？　お礼だよ。見事、私の期待通りにあのドス黒ハゲ聖職者を成敗してくれたからな！」

「……」

どうやら鬱憤と、ついでに絶倫ゲージも溜まっていたようだ。

いらん。有難く返却した。

そんな茶番のあと、国王は咳払いをして真剣な口調になる。

「ゴホンッ、今回の一件で王国の戦力は著しく低下してな。要するに、困っておるのじゃ。どうだ、君が望む地位も報酬も……なんでも用意しよう。王宮特別魔術騎士団長にならぬか？」

「王宮特別魔術騎士団長〜〜!?」

なんだそのめちゃくちゃな役職は！　面倒な予感しかしない。

俺は少しだけ考える素振りをしてから、言う。

「光栄ですが、俺はのんびりするのが好きなんです」

「そうなのか？　王女もやるぞ。毎日美食に美女、パレードもできる」

「いやいや、そんなの望みませんって。で、そんなことより、結局エリナーゼとはどういう人物だったんです？」

　国王は少ししゅんとしたあと、口を開く。

「二百年前、エリナーゼはエルシャではない者に殺された。その際に七つに分かれた彼女の因子のうち一つを使ってエルシャは障壁と回廊を作り、怪物となったのだ。エリナーゼの意志を継ごうとしてのことだろう。君に渡した地図はエルシャの『照覧の因子』が宿ったものだよ」

　やはり無限回廊の遺跡にあったあの巨人の遺体——あれはエルシャだったということか。

　もしかしたら、遺体が持っていた古い本にあった『彼女の四肢の六つの箇所から声が聞こえた。そして私の心臓からも』という記述は、七つの因子を表していたのかもしれない。

　これで因子の存在は半分以上が明らかになった。俺の『生命の因子』、ニコラの『力の因子』、聖女の『聴聞の因子』、エルシャの『照覧の因子』に、ラウラの母親——無限回廊の怪物が持つ因子だ。

まあ、七つ集めると世界が救われる――みたいなものでもないだろうし、所在が割れていないものに関しても無理に調べる必要はあるまい。普段通りの生活を送ればいい。

それにしても、聖女から聞いた話と今回の話は明確に食い違っている。

そもそも聖女はエルシャがエリナーゼを殺したと口にしていた。無限回廊の成り立ちについては触れていなかったものの、その元となる因子についても、エルシャが主導する王国から魔族たちが自分の身を守れるように託したと語っていた。

俺は、改めて聞く。

「……結局、エリナーゼは誰に殺されたんですか？」

国王はその質問には答えなかった。だが「文献によると」という前置きをした上で、こう告げた。

「当時、魔族との融和を願うエリナーゼの存在を最も邪魔に感じていたのは、教会だったという」

その割にボルクチンは、ただ回廊の力を欲していただけって感じだった。まぁ、教会側だって一枚岩ではないのだろう。

苦い顔をして、国王は続けた。

「当時の事情には『氷の女王』が詳しいはずだ。君も知っているだろう。帝国のかの皇帝と並ぶ、あの女帝だ。詳しくは、彼女に聞いてくれ」

「わかりました。学園出身ですから、彼女のことは知っています。会ったことはないですけど」

『氷の女王』は、帝国魔術学園の学長を務めながら帝国西北部を統治する傑物である。

首席卒業した俺でさえ、会ったことがない。

真相を知りたくば、彼女に会いに帝国へ行けということか。

偶然村にやって来た学者から話を聞いたところから始まった話が、よもや建国の秘密にまで関係しているとは……随分遠いところまで来たような気分である。

ともあれそんなの、知らなくたって別に不都合はない。機会があれば行くくらいのスタンスでいいな。


それから世間話をして面会を終え、控室に戻る。すると、アルカイナとマオウが待機していた。

俺に気が付くと、二人とも顔を見合わせて立ち上がる。

「ちょうどドーマ殿の話をしていたところだ」

アルカイナと握手を交わす。俺の話……あまり良い予感はしないが。

彼女はそんな俺の心配を他所に、意地悪そうにニヤッとしてマオウの方を見やった。

「何、マオウ殿がやけにドーマ殿の話をするからな。まるで恋焦がれる少女のような目で……くくく」

「ばっ！」

マオウは厳つい顔を赤面させて、割り込んでくる。

「俺はただ知りたいだけなんだよ、ドーマの魔術がどうなってるかをな！」

言い訳がましくそう説明してから、マオウは右手を差し出してきた。

彼とも握手を交わす。手からは洗練された魔力がひしひしと伝わってくる。彼ほどの実力者から讃えられて、悪い気持ちはしない。

「今度俺とも一戦交えてくれ。あの武神を倒したというドーマの本気を見てみたいからな」

「武神の方は本気じゃなかったんですけどね」

ソルヴィは、常に誰かに倒されたがってたからな。……ん？　っていうか、武神を倒したって話が広まったら、腕に覚えのある奴らが俺を狙うんじゃないか？

あの婆さんのにやりとした表情が目に浮かぶ。やられた。

ため息を吐いてから、俺は微笑みを浮かべて、言う。

「まあ今度はローデシナにも来てください。アルカイナさんと、ルエナと一緒に。あそこが俺のホームなので」

「うむ、ぜひとも行かせてもらう」

「私もだ」


宿に戻ってくる頃には、夜になっていた。やけに煌びやかな王宮にいたせいで疲れている。無限回廊での疲れだって体にまだ蓄積しているのだ。ついでにシャーレとの相撲でのダメージも。

へろへろになりながら部屋に入ると、何故かベッドにラウラが座っていた。

ローデシナへ帰る日はもうすぐなので、サーシャとルエナはずっと忙しくしている。

ラウラは……事務作業が苦手だからな。暇なのだろう。

俺がベッドに腰かけると、ラウラはその上に乗ってきた。綺麗でツヤのある桜色の髪がさらさらと肌を撫で、こそばゆい。石鹸(せっけん)と香水が混じった、良い香りがする。水浴びでもしたんだろうか。

それにしても、ラウラが香水をつけているなんて、珍しい。

「ドーマ、つかれてる？」

「ちょっとな。働きすぎた。せかせか働くのは俺の性(しょう)に合ってないから、疲れたよ」

「そう。マッサージしていい？」

「え？」

ラウラがマッサージ？　天変地異でも起こるのか？

そう思っていると、ラウラはこちらに向き直り、桜色の瞳でこちらを見つめてきた。何かを訴えるような目だ。ラウラの手がギュッと俺の服の、胸の辺りを掴む。ほんのり頬を赤らめて、体を密着させてくる。

ラウラの睫毛ってこんなに長かったけ。思わず瞳に見入る。目が離せない。

気付けば柔らかな唇の感触がした。湿っぽく熱い息が、頬を撫でる。

ラウラが俺の手首を掴む。力が強い。

「マッサージ、なんだよな？」

ラウラは目を逸らした。

「はやくよこになって」

無理やり押し倒される。吸い込まれそうな瞳が俺を見下ろしている。

上に乗っかるラウラは、今までに見たことがない表情をしていた。まるで捕食者のような——

その日の夜は、長かった。

☆

「ああ……ああ……」

無限回廊第？層。

地面を這い蹲るボルクチンの元に、一つの影が訪れた。

「お……父……様」

ボルクチンはその足に縋る。その様子を無慈悲に見下ろす人物は、一言告げる。

「誰だい？」

ボルクチンは固まった。

（ボクは、お父様に選ばれし者では、なかったのか……）

ボルクチンは悲しみの中で意識を閉じた。

一方、『お父様』はエルシャの地図――照覧の因子の力を手にし、体内に吸収する。

「これで二つ。次は帝国か」

そして男は姿を消した。無限回廊は再び、静かな眠りにつく。

☆

馬車は、ローデシナに向かってごとごとと走る。

サーシャが疑うような目で俺を見てくる。ジッと、棘をチクチク刺し続けるみたいな目線で。

「ラウラなら――別にいいけど」

「な、何が？」

サーシャはツンとそっぽを向く。様子がおかしい。兆候は今日の朝からあった。普段最低でも五回はおかわりするラウラが、朝食を残したのだ。サーシャは俺を睨む。

馬車が出発する時にも、王都に残るルエナがにやにや変な笑みを浮かべて、『ラウちゃんとお幸せにー！』なんて言っていた。

サーシャが俺を睨む。やめてほしい。

ラウラは大人しく馬車の窓から外を眺めている。先ほどからピクリとも動かない。

「ラ、ラウラは気分でも悪いのか？」

「ん、おなかいたい」

「「……」」

サーシャはまたしても俺を睨んだ。空気を変えるために慌てて世間話を振る。

ラウネはギュルフォンと行動することにしたらしいとか、マオウとアルカイナが二人で買い物していたところを見かけたとか、オーウェンが俺に恥ずかしそうに話しかけてくれたこととか、ルエナやミコットが昇進した（後者は人員不足のせいだろうが……）とか、そんな他愛ない話だ。

サーシャはそれでも俺をジトーっと見つめていたが、飽きたのか、本当にそのことを聞きたかったのか、身を乗り出してくる。

「ね、そういえば聖女様って結局何者なのかしら？」

「ああ。これ、言っていいのかな……」

結論から言うと、聖女イリヤが十二使徒の第一席だったのだ。

彼女の記憶を見て、知った情報である。まあ覗き見た記憶の中では、彼女は悪事に手を染めていなさそうだったので、俺が口を出すことではない。

俺は少し考えてから、口を開く。

「いや、孤児院育ちで苦労した人らしいぞ」

そういうことにした。

「ふーん。先生がそれでいいならいいけど」

何故かサーシャにげしげしと蹴られる。大体、サーシャは帝国に帰らなくていいのだろうか……

二週間かけてローデシナに帰ってくると、みんなは変わらず元気でやっていた。

フローラも一時的に儀式を抜け出してやってきていた。なんだか艶々（つやつや）だ。

「王都でも、お主は巻き込まれたんじゃのう」

「これが俺の生き方だから、しょうがないさ。そういやフローラ、儀式って何をするんだ。なんだかテカテカだけど……」

「ふん、それはのう、エルフは一年に一回デトックスして、肌の美しさを保つのじゃ」

照れ照れとフローラは後頭部を掻きながら、そう教えてくれた。

エルフ族は想像以上に美意識が高いらしい。

ちなみに、サーシャがその話に食いついていた。

美容トークに興じる二人を後目に、俺はニコラの元へ向かい、エリナーゼのことを話した。

だが「そうなのですね」と案外反応が薄い。

「ニコラの知っているエリナーゼ様が心の中にいれば、それでいいのです」

「お、大人だ！」

でも、確かにそうだ。真実を追い求める必要なんてないのかもしれない。ローデシナで暮らしていると、人間とは少し違った価値観を持つ精霊の考え方に感化されることが、結構ある。

もう一人の精霊――ノコのところへ行くと、両手を差し出してくる。ハグかな？

「人間さん、お土産は？」

「あ……」

「畑をキノコまみれにしてやります」

「待て待て」

コイツは思うがままに生きすぎている。

もうすぐローデシナで暮らし始めて一年だ。この一年は激動だった。だが、この家に戻ってくるたび思い出す。焦る必要はないということを。のんびりと暮らし、たまにキノコに埋もれ、そして時には人を助け、助けてもらう。

それが俺の生き方なのだと、改めてわかった気がした。

番外編　居残り組ノコの受難

ローデシナの雨季は春である。

朝から晩にかけてざあざあと降りしきる雨は家に湿気をもたらし、気分を盛り下げてしまう。

通称『ゴーストヒル』と呼ばれる、丘に建てられた大きな洋館も、例外ではない。

主人のドーマたちが出かけて三日、家の空気は淀みに淀んでいた。

ニコラはげんなりしながら廊下に自生するキノコをつまむ。

「あ、あのキノコ……もう怠けてるのです……！」

現在家にいるのはニコラとノコ、そして白虎のイフだけだ。便利屋兼雑用——いや、オールラウンダーのドーマがいなければ、家事を一通りこなすのも一苦労である。

番犬（ペット）のイフはともかく、ノコには家の、それも廊下の掃除だけしか任せていない。

それにもかかわらず、廊下には湿気で増殖したキノコがウモウモと生えているのだ。

ニコラは怒り心頭に発した。ノコは今も居間で惰眠をむさぼっていることだろう。

とはいえ、ここでニコラが叱っても、ほんの数時間後にはまた同じことの繰り返しである。

「うむむ…………ピキーン！」

ニコラは名案を思い付いた。

(そうだ。ニコラ以外に叱ってもらえばいいのです。あのキノコは重度の人見知り。ご主人様や無害なラウラさまはともかく、もう一緒に住んで長いサーシャ様に対して未だにビビっているぐらいなのです。だからこそ、他人の目があれば仕事をするはず!)

「ふふふん、あのキノコをぎゃふんと言わせてやるのです」

こうしてニコラの『ノコ更生作戦』が始動する。


次の日。

家のドアを叩くゴンゴンという音が、屋敷に響く。

ノコはその音で起床した。もう昼前なのに。いつもはニコラが応対するが、今日は珍しく気付いていないようで、来客はまたドアをノックし始めた。

「誰もいないのか。おーい!」

「まったく、うるさいですね。ノコの睡眠を妨げるなんて」

ノコは渋々ドアを開けに行く。どうせ村のパン屋とかが配達にでも来たのだろう——そう思って開けたドアの向こう側には、二人の男が立っていた。

「おっ、キノコの嬢ちゃんか。珍しいな」

「うむ、滅多に姿を現さないからな。クラウスは顔見知りのようで羨ましい」

「ひっ」

髭の生えたおじさんことクラウスと、獣人のおじさんことバストンである。

ノコは瞬時に委縮した。その反応を見て、二人のおじさんは首を傾げる。

「おや、昨日案内状が届いたのだが、日にちを間違えただろうか」

その時、待ち構えていたかのようにニコラが上機嫌にくるるーんと回りながら現れた。

「お待ちしていたのです！　さあさあ入ってくださいなのです。パーティーの準備はばっちしですから！」

「パ、パーティー？」

ノコは居間に向かう。すると驚いたことに、現在エルフの里にいるはずのフローラやその家族、村長に商人のヨルベなど、普段ドーマと親交のある人たちが集合していた。テーブルには新鮮な肉・魚・野菜を使った料理が並び、ノコのお腹をきゅうっと刺激する。

「こ、これは一体……ボガート！　どういうことです！　ノコの許可もなしにこんなこと！」

「昨日ちゃんと告知したのですよ？　まさか連絡板を見ていないのです？」

連絡板——それは家の中で使われている、みんなが予定や重要な情報を書き込むためのボードだ。しかし大抵は誰かが直接伝えてくれるので、ノコは最近、それを見てすらいなかった。

連絡係のドーマは現在、不在である。ノコは唸った。

「知らないのは、キノコの落ち度なのです。惰眠をむさぼってばかりなのが悪いのです」

にやりと笑うニコラに、ノコは何も言い返せない。

仕方なくノコは踵を返し、寝室へ向かおうとする。

「まあいいです。ノコの睡眠を邪魔しないでください」

「おっと、どこ行くのです？　寝るなら仕事をしてからです！」

ニコラはノコをむんずと掴まえた。

不可解な表情をしているノコに、ニコラは意気揚々と説明し始める。

パーティーを行うために、家の雑事まで手が回らないこと。そのため、ノコに手伝ってもらう必要があること。そして、ノコの仕事は食事の給仕と片づけ、さらに家の案内に、汚れた箇所の掃除であること。

「なんでノコがそんなことをしなければいけないのですか」

「これは我が家が主催した団らんパーティーなのです！　失敗してしまえばご主人様の評判も下がって、この場所から追い出されてしまうかも……なのです」

「う、ぬぬんう」

ノコは声にならない音を発した。

確かにニコラ一人では手が回りそうにない。イフでさえ口に皿を咥えて駆けずり回っているのだ。

こうしてノコは渋々手伝いを始めた。

まずは給仕である。

出来上がったほかほかの料理をニコラから受け取り、居間の大テーブルに置く。

それだけだが、動くキノコは珍しい。まずはフローラに捕まった。

「これはなんという料理なのじゃ？　キノコは入っておるのか？」

フローラはノコからすれば新参者（しんざんもの）である。当然、まだ慣れていない。

今、屋敷の住人の中で唯一働いていないわけだが、それを指摘できるノコではない。

それよりも、人見知りが勝っている。

（このエルフ族……たまにノコを実験対象として見ている気がして、怖いんですよね）

「か、川魚と山菜のソテーです。残念ながら高貴の象徴のキノコは入ってないですが」

「ほう、妖精からするとキノコは高貴の象徴なのじゃな！」

フローラの目がきらんと光る。なんだかわからないが、高貴の象徴だと思わせておくと危ない目に遭わされると予感し、ノコは慌てて訂正する。

「い、いや！　今のは言葉の綾（あや）です！　無知で愚かなエルフ族にはわからなかったようですね」

「面白い子じゃのう！」

フローラはニコニコと頷いた。ノコは安堵する。

（よし、上手く喋れましたね）

次の仕事は家の案内だ。洋館は広いので、トイレを探すだけでも一苦労である。酔っぱらった商人のヨルベがノコに案内を頼んできた。ノコからすれば誰かもわからない人物である。

「こっちです。まったく、人間はみな方向音痴で困りますね」

「いや～助かるなあ。というかこの家、広すぎやで！　羨ましいなあ！　こんなとこにドーマとラウラは住んでんのかあ？」

ちょろちょろと動き回るヨルベ。

そして静かな場所にやってくると、ヨルベはノコにこそっと耳打ちした。

「なあ、ドーマとラウラってまだ付きおうてないん？　一つ屋根の下やろ。どんな感じなん？　なあ！」

（う、うわあ。ノコが一番苦手なタイプですよ）

ノコは狼狽する。

正直人間同士の恋愛はノコにとってはどうでもいい。興味があるのは惰眠と暴食のみである。

「ノコは知らないです。恋愛など人間が行う退廃的で愚かで本能的な野性の行為ですから。まあ、人間は元から愚かですけど」

適当にノコがそう答えると、ヨルベはふむふむと頷いた。

「キノコちゃんは賢いなあ。確かにあの二人、恋愛とか関係なしに相性良さそうやもん。野暮な質問やったな。ありがとう、キノコちゃん」

頭のキノコ傘を撫でられ、ノコは調子に乗った。

「まあ人間さんはあのエルフ族とも怖い人間の姫とも仲が深いですからね。愚かな人間さんにしてはよくやってるですよ」

それを聞いてヨルベは目を細めた。

「それって色んな女に手を出してるってことか？　今度ドーマ、しばいとこか」

そんなヨルベの言葉は、ノコには届いていない。

（よし、上手く喋れましたね）


最後の仕事は掃除である。ノコが最も嫌う仕事だ。正直ちょっと手を抜いてもいいのでは、とノコは薄々思っていた。それでも地道にぱたぱた埃を取っていると、酔っぱらったバストンがノコを見つけ、近寄ってくる。

「ふむ、偉いな。掃除とは。こういった小さな積み重ねが、何事も良い方向へ向かわせるのだ」

「は、はあ」

バストンはノコの仕事ぶりをじっと見てくる。

まるで授業参観のように、部下の働きぶりを観察するように。

（ま、まずいです。このままじゃサボれません）

ノコはサボるためなら凄まじい機転を発揮する。ノコはイフを呼び出した。ぱたぱたと尻尾を振りつつ、白虎がやってくる。そこからは威厳の欠片も感じられない。そしてノコは、イフをゴロゴロその場で転がし、埃を取り始めた。イフのモフモフの毛は埃取りにちょうどいいのだ。

ちらっとノコはバストンの方を見やる。一応怒っていないか確認しようと思ったのである。

「ね、寝てます！」

おじさんは酒が入るとすぐ寝る。

ともあれ、こうしてノコは自分の手を汚さず掃除を終えた。


数時間後、来客たちは満足してみんな笑顔で帰っていく。

ばたばたと片づけに奔走するニコラを横目に、ノコはソファーに突っ伏した。

「あ、ああーーーー！　疲れました」

その様子を見て、ニコラは作戦の成功を確信していた。料理をつまみ食いしたり食器を落としたり掃除が雑だったりしたが、これでノコも家事の大変さを痛感しただろうと。

「残り物ですけど、食べていいのです。今日一日、よく頑張ったのですよ」

ニコラがお皿をテーブルに置く。そこには、ノコの好物ばかりが盛られていた。

「ほ、ほわあああ」と声を上げ、ノコは喜んで食べ始めた。

「ニコラは何も今日ほど働いてほしいわけじゃないのです。毎日少しずつ積み重ねてほしいだけなのです」

ニコラがそう言うと、ノコはぶんぶんと首を縦に振る。

「ノコもわかりました。家事は大変です」

ノコの口からそんな言葉が出てきたことに、ニコラは感動した。

大変だったが、パーティーを開催した甲斐があったと、達成感を得る。

しかし――

「家事は大変です。そう、ノコのような高貴な妖精が不慣れな家事をやるのは、よくありません。だから次から手足の長い人間さんにやらせたらいいです。どうせ暇ですからね」

そう言ってノコは料理を平らげ、食器を片づけもせず、寝室へぴゅーっと走っていった。

「……え？　今の、ニコラの聞き間違いなのです？」

「ぐわっふ！」

ニコラが呆然としていると、イフがやってくる。全身埃だらけで洗うのが大変そうなイフが。

ニコラは怒り心頭に発する。

「あのキノコ！　許さないのです!!」

ドーマたちが帰ってくるまで、ニコラとノコの戦いはまだまだ続くのであった。

最強最古の神竜は、辺境の村人ドランとして生まれ変わった。質素だが温かい辺境生活を送るうちに、彼の心は喜びで満たされていく。そんなある日、付近の森に、屈強な魔界の軍勢が現れた。故郷の村を守るため、ドランはついに秘めたる竜種の魔力を解放する!

1~24巻 好評発売中!

各定価：1320円(10%税込)　illustration：市丸きすけ

コミックス1~12巻
好評発売中!

漫画：くろの　B6判
各定価：748円(10%税込)

勇者召喚に巻き込まれ、異世界に転生した僕、タクミ。不憫な僕を哀れんで、女神様が特別なスキルをくれることになったので、地味な生産系スキルをお願いした。そして与えられたのは、錬金術という珍しいスキル。まだよくわからないけど、このスキル、すごい可能性を秘めていそう……!? 最強錬金術師を目指す僕の旅が、いま始まる!

◉16巻 定価:1430円(10%税込)
1~15巻 各定価:1320円(10%税込)
◉Illustration:人米

◉7巻 定価:770円(10%税込)
1~6巻 各定価:748円(10%税込)
◉漫画:ささかまたろう B6判

シリーズ累計
270万部突破!!（電子含む）

話題のTVアニメ化作品!!

1~23巻好評発売中!

デスゲームと化したVRMMO−RPG「THE NEW GATE」は、最強プレイヤー・シンの活躍により解放のときを迎えようとしていた。しかし、最後のモンスターを討った直後、シンは現実と化した500年後のゲーム世界へ飛ばされてしまう。デスゲームから“リアル異世界”へ――
伝説の剣士となった青年が、再び戦場に舞い降りる!

23巻 定価:1430円（10%税込）
1~22巻 各定価:1320円（10%税込）

illustration：魔界の住民（1~9巻）
KeG（10~11巻）
晩杯あきら（12巻~）

コミックス1~15巻
好評発売中!

漫画：三輪ヨシユキ
15巻 定価：770円（10%税込）
1~14巻 各定価：748円（10%税込）

アルファポリスHPにて大好評連載中!

アルファポリス 漫画　検索

Re:Monster

リ・モンスター

1〜9・外伝 8.5

暗黒大陸編1〜4

金斬児狐 Kanekiru Kogitsune

シリーズ累計170万部（電子含む）突破！

2024年4月4日〜！

TVアニメ放送開始!!（TOKYO MX、BS11ほか）

ネットで話題沸騰！
怪物転生ファンタジー

最弱ゴブリンの下克上物語　大好評発売中！

【小説】1〜9巻／外伝／8・5巻

●各定価：1320円（10％税込）
●illustration：ヤマーダ

新章

【小説】1〜4巻（以下続刊）

●各定価：1320円（10％税込）
●illustration：NAJI柳田

コミカライズも大好評！

【漫画】1〜11巻（以下続刊）

●各定価：748円（10％税込）
●漫画：小早川ハルヨシ

この作品に対する皆様のご意見・ご感想をお待ちしております。

おハガキ・お手紙は以下の宛先にお送りください。

【宛先】

〒150-6019 東京都渋谷区恵比寿4-20-3 恵比寿ガーデンプレイスタワー 19F
（株）アルファポリス　書籍感想係

メールフォームでのご意見・ご感想は右のＱＲコードから、
あるいは以下のワードで検索をかけてください。

アルファポリス　書籍の感想

ご感想はこちらから

本書はWebサイト「アルファポリス」（https://www.alphapolis.co.jp/）に投稿されたものを、改題・改稿、加筆のうえ、書籍化したものです。

左遷でしたら喜んで！3

王宮魔術師の第二の人生はのんびり、もふもふ、ときどきキノコ？

みずうし

2024年6月30日初版発行

編集－若山大朗・今井太一・宮田可南子
編集長－太田鉄平
発行者－梶本雄介
発行所－株式会社アルファポリス
〒150-6019 東京都渋谷区恵比寿4-20-3 恵比寿ガーデンプレイスタワー19F
TEL 03-6277-1601（営業）　03-6277-1602（編集）
URL https://www.alphapolis.co.jp/
発売元－株式会社星雲社（共同出版社・流通責任出版社）
〒112-0005 東京都文京区水道1-3-30
TEL 03-3868-3275
装丁・本文イラスト－はらけんし
装丁デザイン－AFTERGLOW
印刷－図書印刷株式会社

価格はカバーに表示されてあります。

落丁乱丁の場合はアルファポリスまでご連絡ください。

送料は小社負担でお取り替えします。


ISBN978-4-434-34067-3 C0093